↑ 徐志摩（二○年代）

出國留學、遊歷歐美、離婚又再婚、文學志業開展，二○年代的徐志摩正值人生的黃金時期，意氣風發，也飽嘗感情的風雨晴陽。他的神情儒雅又自信。（《20世紀中國文藝圖文志》散文卷，p.57，瀋陽出版社）

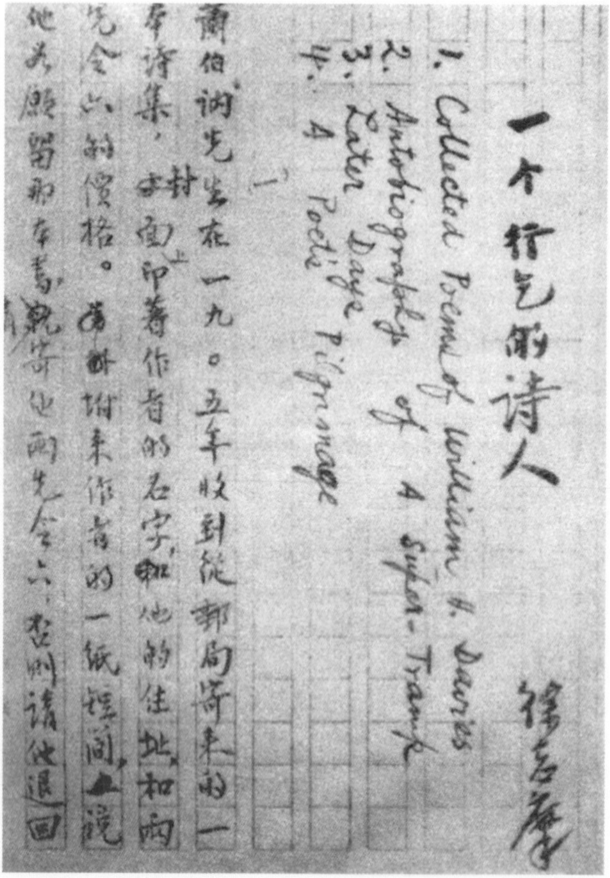

一个行乞的詩人　徐志摩

1. Collected Poems of William H. Davies
2. Autobiography of A Super-Tramp
3. Later Days
4. A Poet's Pilgrimage

(1)

蕭伯訥先生在一九〇五年收到從郵局寄來的一本詩集，封面印著作者的名字，和他的住址，和兩先令六的價格。[illegible]來作者的一紙短簡，說他如願留那本書，就寄他兩先令六，否則請他退回

↑ 徐志摩手跡〈一個行乞的詩人〉

徐志摩〈一個行乞的詩人〉發表於一九二八年五月，《新月》一卷三期。內容係介紹英國詩人惠廉・苔微士（William H. Davies），苔微士腿殘，生活於下層社會，流浪度日，乞討為生，但作品充滿自尊自信，獲蕭伯訥賞識。《新月》為徐志摩等人創辦，徐志摩自己努力寫稿，也經常撰文介紹西洋文學與作家。（《20 世紀中國文藝圖文志》散文卷，p.60，瀋陽出版社）

←《落葉》封面

徐志摩第一本散文集《落葉》，一九二六年六月北京北新書店出版。收錄〈落葉〉、〈話〉、〈論自殺〉、〈海灘上種花〉等八篇散文，大多是演講詞。（《20 世紀中國文藝圖文志》散文卷，p.58，瀋陽出版社）

→《巴黎的鱗爪》封面

徐志摩《巴黎的鱗爪》，收錄〈巴黎的鱗爪〉、〈翡冷翠山居閒話〉、〈吸煙與文化〉、〈我所知道的康橋〉等十篇散文，這些作品大多文詞華美，感情濃郁，堪稱名篇。本書並附翻譯小說二篇。（《20 世紀中國文藝圖文志》散文卷，p.59，瀋陽出版社）

↑ 徐志摩與張幼儀

一九一五年十月二十九日，徐志摩與張幼儀結婚。一九二二年三月，兩人在歐洲協議離婚；十一月六日，回國後在報章刊登離婚啟事。在這段婚姻中，張幼儀一直努力扮演賢妻良母與孝媳的角色，奈何徐志摩以「自由之償還自由」的理由和她離婚。張幼儀離婚後仍自立自強，後來成為成功的女企業家。（《百年家族——徐志摩》，立緒出版社。）

→ 徐志摩與陸小曼

徐志摩與陸小曼兩人狂熱追求愛情，經歷一番波折，於一九二六年十月三日結婚，有情人終成眷屬。兩人都熱愛藝術文學，記載兩人戀情的《愛眉小札》、《眉軒瑣語》與《小曼日記》，內容十分動人。（《20世紀中國文藝圖文志》散文卷，p.63，瀋陽出版社）

叢書總論

范銘如

白話文學是中國追求現代性過程裡重要的媒介，也是最顯著的成果之一。隨著現代化需求的加速，中國的知識分子先從科學、技術、制度、機構等等洋務運動的推動，再到西方文明文化思潮的翻譯學習，乃至於對中國傳統進行全面性反思，一系列革命性的變革，自十九世紀中葉發軔，直到二十世紀上半部仍然方興未歇。中國現代化的歷程中觸動傳統思想與文化體系的革新機制，表現在文學層面上，最明顯的就是文學形式與內涵的劇烈變易。不論是語言文字（文言、白話、外來語），抑或者是文類（詩歌、散文、小說、戲劇）以及藝術技巧（寫實主義、浪漫主義、象徵主義）各方面，都開展出具有現代意義的優異成績。這一批歷經現代化狂潮的知識青年，憑仗手中滿溢著救亡圖存熱情的筆桿，寫下中西文化碰撞、新舊秩序轉型時關於國家民族走向的辯證權衡，各種社會現象的觀察針砭、文藝發展理念與實際操練的磨合問題。其中，置身紛亂動盪時代裡個人身分處境的摸索抉擇，甚至生命情感的壓抑抒發，更成為作品裡動人心弦的主題。

從清末至民國，白話文學以及其中寓含的革新、異議精神連綿不絕。現今我們慣以一九一九年的五四愛國運動同時作為現代白話文學的起點，乃是取其象徵性的時間意義。事實上，五四運動只是中國現代化進程裡一個承先啟後的顯著里程碑而已；新文化的醞釀萌發自有其細膩輾轉的過程，而白話文學的發展流變，當然也不是在二〇年代才透露端倪。有鑑於此，本套叢書不以五四之後的作家作品為限，還上溯至二十世紀以前即大力、長期呼籲文化文學革命的梁啓超。這樣的作法，希望一方面強調時代思想變革的漸進式歷程，一方面以梁啓超具備的傳統士大夫及新式知識分子的雙重典範，彰顯現代文學傳統裡新舊文化銜接合流的特質。

整體而言，選入《二十世紀文學名家大賞》的作家都是在現代文學創作上具有獨特貢獻，並且持續保有文學影響力的大家。他們的成就不僅早在文學史上獲得肯定，他們的作品也一再地被選入各種版本的教科書與文學讀本中。一談起新詩，我們總是再別不了徐志摩、聞一多以及戴望舒；一想到散文，腦海裡立刻浮現朱自清、夏丏尊、許地山和梁啓超的背影；提及小說，魯迅、郁達夫和蕭紅的吶喊猶在耳邊。透過文學，他們或者傳達個人對家國社稷的企盼與關懷，又或者抒發個人真摯的情感來表現中國人的現代精神。有的作家個性強烈率直，有人委婉節制；表現於文采上，典雅瑰麗或是質樸清華亦各擅勝場。這些作家作品各因其耀眼的特質，成為文學史上不可或缺的扉頁。

但是耳熟能詳不代表全面理解，有時反而會淪為想當然爾的片面化、刻板化閱讀習慣。此外，兩岸長期以來因為政治體制與文化體系的不同，對作家的評價或作品的評論產生極大的落差，政治立場雷同的大力吹捧甚至神格化，反之則將之醜化甚至從史料中除名，不然就是選擇性地介紹特定類型的作品。這樣的詮釋偏見隨著兩岸的開放交流、文史學者們不斷地辯論修正後已經獲得長足的改善。然而，學術層次上推展出來的看法落實到中學教育層面上的改變，原本就需要長時間的轉化。文學教改的時程卻在當前環境的挑戰下愈顯急迫。姑且不論傳播娛樂的多元刺激或功利導向的社會價值導致文學人口的快速流失，時代的推移不但使得歷史情境、文化脈絡越來越疏遠陌生，連當初所謂的現代白話語彙到今日都有些像文言文那樣的艱澀難懂。在這種種不利的因素下，青年學生即使有心學習也可能不得其門而入。

《二十世紀文學名家大賞》叢書的策劃就是希望能夠以更當代、更全面的選介評析引領年輕學子進入現代文學的殿堂。十位負責編選執筆的專家都是全國各大學中文系所裡的資深教授：洪淑苓教授（臺灣大學中文系）、張堂錡教授（政治大學中文系）、許琇禎教授（臺北市立教育大學語教系）、陳俊啟教授（東海大學中文系）、廖卓成教授（國立臺北教育大學語教系）、趙衛民教授（淡江大學中文系）、劉人鵬教授（清華大學中文系）、蔡振念教授（中山大學中文系）、賴芳伶教授（東華大學中文系）。不僅學養豐富，對於學生知識上的不足與誤解也有長期的觀察了解。本叢書除了對作家廣為傳誦的經典及創作特色再予以深入並系統化的賞析之外，還希望呈現作家更多的文學面向，在讚揚他們的藝術成就、人格道德或時代洞見之餘，也不諱言他們書寫、個性或思維上的局限。回歸到文學的、文化的、人性的、生活的層面，更可深刻地體會到他們如何在紊亂脫序的年代中搏鬥掙扎、矛盾挫折，對於他們的作品也才能夠給予較客觀的評論。

這套叢書以每位文學名家為單獨一冊。每一本作家專輯以其具有代表性的作品為主，每篇作品輔以注釋和賞析，前後則以綜論作家生平與文學風格的〈導讀〉一篇，以及條列式的作家大事〈年表〉。篇幅所致，選入的作品以短篇為主，中長篇則為節錄；另外根據每位作家的藝術表現，對於不同的文類也有不同的比重安排。此套文學大系的出版，三民書局龐大的編輯群們功不可沒。最必須感謝的還是在繁忙課務及研究中還特地抽空耐心編寫專卷的每一位學者。你們的熱忱，讓二十世紀的文學源流汩汩地導入新的世紀。

CONTENT

目次

目次

散・文・卷

導讀

洪淑苓

提起五四時代，我們彷彿看到繁星滿天。五四人物個個才華洋溢，意氣風發，他們掀起思想的新潮，有的投入社會運動，有的打造文學殿堂，不管在哪個場域，他們似乎都活得興味淋漓，形塑了新時代知識分子的風範。

若問：這其中誰最偉大？也許大多數人會選胡適。但若問誰最令人懷念、神往？那一定是徐志摩穩坐寶座。

在「五四」的天空裡，徐志摩就像超級明星那般耀眼醒目，這不只因為他那轟轟烈烈的婚姻和戀愛故事，也不只是因為他英年早逝，而且因飛機失事而亡，就像一顆彗星，撞上山頭，火光滿天，引起人們的喟嘆——人們知道他、記得他、喜愛他，甚至崇拜他，完完全全都是因為他單純而熱情的個性，他對愛、自由與美的追求，撼動了多少人的心靈！

一、「五四」最亮的一顆星：徐志摩的少年時期與最初的理想

徐志摩（一八九六－一九三一）浙江海寧人，一九一九年畢業於美國麻州克拉克大學，一九二〇年獲紐約哥倫比亞大學碩士，又曾留學於英國康橋；返國後歷任北京大學、上海光華大學、南京中央大學等校教授，講授西洋詩歌、西洋名著等課程。曾主編北京《晨報・晨報副刊》，創《晨報副刊・詩鐫》週刊、《晨報副刊・劇刊》週刊等，與胡適、梁啓超、林長民等創立「新月社」，並籌辦《新月》月刊、《詩刊》雜誌。徐志摩為五四時代新文學作家之一，他的詩情感豐沛、旋律流暢、辭藻優美，具浪漫主義的特色，也是新格律派的典型詩人；他的散文亦有華麗濃郁的風格，借用他自己的文章篇題「濃得化不開」是最好的寫照。徐志摩與張幼儀、林徽音、陸小曼的婚戀故事在當時鬧得轟轟烈烈，也成為後人談論的題材，但他一生追求愛、美與自由的理念，則為多數人所認同。徐志摩以英年之姿猝死空難，留給親友無限哀思，也構成他傳奇的一生。著有詩集《志摩的詩》、《翡冷翠的一夜》、《猛虎集》、《雲遊》；散文集《落葉集》、《自剖集》、《巴黎的鱗爪》、《秋》以及小說、劇本、日記、書信、譯文等多種。

志摩是徐家的獨子，父母與家族長輩莫不寄予厚望。徐家是當地的殷商，因此徐父對志摩未來的期許，也是希望他繼承衣缽，並發揚光大，在經濟或法政方面可以發揮長才。如同他在詩集《猛虎集》的序文中說：

在二十四歲以前我對於詩的興味遠不如我對於「相對論」，或《民約論》的興味。我父親送我出洋留學，是要我將來進「金融界」的，我自己最高的野心是想做一個中國的 Hamilton！在二十四歲以前，詩，不論新舊，於我是完全沒有相干。

Hamilton 是美國著名政治家，聯邦黨領袖，首任財政部長；由此可見，少年志摩所關心的，不是文學藝術，反而是社會政治。

二、康橋是尋夢的開始：徐志摩的康橋生活

一九二〇年九月二十四日，志摩渡過大西洋，來到英國，留學於康橋大學，至一九二二年八月啟程返國，時間只有短短的兩年，但卻成為他一生中最關鍵性的兩

年。

在這兩年的留學生活中，志摩廣交社會名流，吸取西方人藝術的精華，而其中又以羅素（Bertrand Russel, 1872–1970）對他的影響最大。

羅素是英國著名反傳統的哲學思想家，他對志摩的影響有兩方面，第一是對社會政治的看法，主張堅持自我的理想與自由主義思想；其次是人生觀的啟發，羅素相當重視愛之渴望、知識的追求，以及對人類苦難的極度同情這三種激情，而這也都啟發了志摩，使他以追求愛、美與自由為畢生職志。

志摩在康橋結識的名士文友當中，中國友人方面，有陳西瀅、林長民等，前者是志摩的好友，介紹他認識許多英國名人。後者比志摩年長，但兩人卻是忘年之交，志趣十分相投；志摩也因此結識林長民的女兒林徽音。英國方面則有作家狄更生(G. L. Dickinson)、威爾斯 (H. G. Wells)、藝術家傅來義 (Roger Fry)、漢學家魏雷(Arthur Waley) 等，都是當時赫赫有名之士，也可以說是精英分子，他們各有所長，文采風流，口才便給，大大打開了志摩的人生視野。

志摩真心喜愛康橋的環境，尤其是康河沿岸的美景以及悠閒的生活情調，在在使他享受自在自得的樂趣。在康橋的歲月，他開始寫詩，關心文學文化的議題，成為一個不折不扣的風雅文人。在自然與人文雙重的薰陶下，康橋始終是他魂縈夢牽的心靈之鄉。如同他後來在一九二六年發表的〈吸煙與文化〉一文中說：

我在康橋的日子可真是享福，深怕這輩子再也得不到那樣蜜甜的機會了。我不敢說康橋給了我多少學問或是教會了我什麼。我不敢說受了康橋的洗禮，一個人就會變氣息，脫凡胎。我敢說的是——就我個人說，我的眼是康橋教我睜的，我的求知慾是康橋給我撥動的，我的自我的意識是康橋給我胚胎的。

三、「新月」時期的人生歷練：徐志摩的文學志業與婚姻故事

一九二二年是志摩生命史上重要的分水嶺，他自英返國，除了頂著「歸國學人」的光環，也背負了「離婚」的罪惡，但在文壇上他仍有廣闊的天地可以開創，以下就接著看他在詩歌與文化事業方面的發展。

志摩在文壇交遊中，最有關聯的三位師友是：晚清文學大師梁啓超、「五四」導師胡適與諾貝爾文學家泰戈爾。

自少年時代起，梁啓超就是徐志摩的偶像。一九一八年，在張君勱的引薦下，志摩拜梁啓超為師，內心既欣喜又惶恐，此後對梁啓超可說崇敬萬分，連離婚、再婚都向梁啓超稟報，希望獲得老師的諒解。一九二八年歲末，梁啓超病危，志摩還特地從上海趕到北京會晤，並於翌年元月十九日，梁啓超病逝後，與胡適等人為梁啓超辦理喪事。

志摩與胡適，算得上是好朋友、知己。胡適極為欣賞志摩的個性，認為他是個真誠、風趣、熱情的人，把週遭的朋友都「黏」在一起。志摩驟逝，帶給胡適莫大的感慨，從追悼的文章中，可以了解胡適對志摩的關愛與懷念。

志摩與泰戈爾是段特別的交遊。泰戈爾是一九一三年諾貝爾文學獎得主，當時中國文壇對他十分好奇，因此泰戈爾有意訪華的傳聞，造成轟動。志摩十分熱心促成此事，同時也自告奮勇要當泰戈爾的陪同與翻譯人員，兩人因此締結深厚的友誼。

志摩回國後，除擔任教職外，參與報刊編輯，發起文學社團，活躍於文壇，這都是使他愈加意氣風發的因素。他接辦北京《晨報・晨報副刊》，創立「詩鐫」、「劇刊」專欄，都是想要實現他的文學理想，開創他辦報的獨特風格。一九二五、二六這兩年的編輯生活，他結交了聞一多、朱湘、張嘉鑄、余上沅等文友，對於新詩創作試驗、推廣現代戲劇，都有明顯的成果。著名的「新月社」，也是由志摩提議成立的，一時之間，北京名流與文友往來聚談，好不熱鬧。泰戈爾訪華時，新月社還排演了泰戈爾的劇作《契特拉》以示歡迎之意。北京的新月社參加者有志摩、胡適、梁啓超、張君勱、徐申如、黃子美、林長民、陳西瀅、林語堂、王賡、余上沅、凌叔華、林徽音、陸小曼等，聞一多也參加了一部分活動。北京新月社並不是組織很緊密的文學社團，相反的，卻有著自由風格，後來因故結束，待志摩等人到上海，又成立新月書店，發行《新月》月刊，在中國現代文學史上留下可貴的成果。

在個人的愛情與婚姻經歷上，大家眼中的徐志摩是個浪漫多情的詩人，他接受父母之命，與張幼儀結婚，卻又與林徽音有戀愛的傳聞；他離婚後，林徽音已在父親安排下，與梁啓超的兒子梁思成訂親。最後，志摩追求王賡的妻子陸小曼，待其離婚後，兩人結婚。

這兩段感情，與林徽音戀愛的部分，似乎遮遮掩掩，很多都是後人的揣測，林徽音本人也從未承認過，但仍然為人談論不已；與陸小曼的婚事，則鬧得滿城風雨，志摩的《愛眉小札》、《眉軒瑣語》，陸小曼的《小曼日記》等書信、日記，已明白顯示兩人的熾熱情感，遑論當時與後世的一些流言、傳聞！直到他死後，親友懷念他，這三個女人對他也都不曾有恨或怨；張幼儀幫他處理後事，陸小曼傷心之餘，為他整理詩文集，林徽音則呼籲大家重視志摩的詩歌成就。可以說，她們都以自己的方式成全了志摩，使他可以任性地追求自我的理想。

志摩所處的時代，恰是新舊觀念衝突的時代，因此他極力反抗舊式的「包辦式」婚姻，而一心一意想要追求自己心靈的伴侶。但他認為離婚是給張幼儀「自由之償還自由」，對張幼儀是恰當的嗎？這也許只有張幼儀本人才有資格回答這個問題。所幸我們看到，張幼儀經離婚事件之後，化悲傷為力量，留在異地求學，待學成歸國後，依舊事奉徐家兩老與教養長子成人，也開創雲裳服裝公司以及上海女子銀行，成為內外兼顧、成功的女性企業家。她的堅強意志令人敬佩。至於林徽音，她始終維持一種分際，不敢也無意逾越「朋友」的界限，她是愛惜羽毛的。陸小曼離婚而再婚，她的心靈世界變得豐富，但又沉迷於物慾的世界，終致兩人時生齟齬。也許，愛情是盲目也是自私的，但其中的是非恩怨，卻不容旁人置喙。面對複雜的人生，我們只能選擇忠於自我，開創自我的未來。

拋開一切道德的束縛，志摩是個好情人，這是毋庸置疑的。看他抒情詩作品中的天真與純情，以及那不可抵擋的光和熱，宛如一隻光燦無比的火鳳凰，令人不敢逼視。他陷入感情困境時的痛苦掙扎，透過詩文作品中聲聲的吶喊與低語，也足以引起普天之下失意者的共鳴。就個體生命而言，志摩真正活出了他自己，塑造一種真誠地追求愛、自由與美的生命典型。正如胡適〈追悼志摩〉：

志摩走了，我們這個世界裡被他帶走不少的雲彩。他在我們這些朋友之中，真是一片最可愛的雲彩，永遠是溫暖的顏色，永遠是美的花樣，永遠是可愛的。……他的人生觀真是一種「單純信仰」，這裡面只有三個大字：一個是愛，一個是自由，一個是美。他夢想這三個理想的條件能夠會合在一個人生裡，這是他的「單純信仰」。

四、新詩與散文的輝煌成就：徐志摩的詩文世界

志摩對新詩創作的觀念與試驗，可說不遺餘力。在《猛虎集》的序文中除了自我分析寫作的動力熱情外，更以「刺鳥」自比，為唱出星月的光輝與人類的希望，表明到死方休的職志：

我只要你們記得有一種天教歌唱的鳥不到嘔血不住口，它的歌裡有它獨自知道的別一個世界的愉快，也有它獨自知道的悲哀與傷痛的鮮明；詩人也是一種痴鳥，他把他的柔軟的心窩緊抵著薔薇的花刺，口裡不住的唱著星月的光輝與人類的希望，非到他的心血滴出來把白花染成大紅他不住口。他的痛苦與快樂是渾成的一片。

這分對創作的堅持與熱忱，不僅讓當時的讀者、朋友感動，對後世讀者也一樣具有感召力。雖然一九一九年「五四」運動開始時，志摩恰在國外留學，但後來他的文學理念與創作試驗，卻是相當符合「五四」自由創新的精神，因此只要提起五四新文學，沒有人不知道徐志摩，沒有人不知道他的〈再別康橋〉。

志摩的文學創作除詩、散文之外，也包含了小說、戲劇、日記、書信以及翻譯作品，但仍以詩和散文著稱，以下簡要介紹他的詩歌與散文作品的類型與特色。

志摩的新詩作品可分為三種類型：浪漫抒情、宇宙自然與社會人生。有關浪漫抒情的作品，又以愛情的題材為大宗，例如〈雪花的快樂〉，這首詩發表於一九二五年一月十七日《現代評論》週刊一卷六期。後來收入志摩第一本詩集《志摩的詩》，列為第一首；全篇氣氛快樂昂揚，可看出志摩又陷入戀愛的心情，這個對象應是陸小曼。巧妙的是，雪花的冰冷感覺在詩中完全被轉化為輕快、飄逸，在飛颺又飛颺之後，這朵充滿自主性的雪花，最後終於向愛人溫暖的胸膛貼近，塑造了幸福美滿的圖像。又如〈別擰我，疼〉，用嬌痴的語言寫出戀愛雙方的心神交會，詩的最後一段：「『你在那裡？』/『讓我們死，』你說。」這種欲仙欲死的纏綿與苦痛，可說道盡戀愛者心中的百般滋味。長篇〈翡冷翠的一夜〉，也同樣具有熾熱的情感，向世人昭告愛情的魔幻力量。另，〈我等候你〉以「希望在每一秒鐘上允許開花」、「希望在每一秒鐘上枯死」的句子形容等待情人的心情，這秒秒震盪的心弦，對等候者焦慮的心理描寫得真是絲絲入扣。著名的〈偶然〉，以雲與水的相逢比喻人世間兩人偶然相遇的緣分，各奔西東之後，對這分感情的態度是：「你記得也好，/最好你忘掉，/在這交會時互放的光亮！」說得何等瀟灑啊，雖然也許只有天性自由浪漫的志摩做得到，但仍然給後人良好的啟示。

第二類和宇宙自然相關的，作品往往富含哲思，靈巧的筆觸有如泰戈爾的《漂鳥集》小詩，當然也和中國道家追求的禪境相近，而志摩優美的文字與音律，更顯現他獨到的詩人眼光與美感心靈。例如〈朝霧裡的小草花〉，先描寫小花在朝霧裡玲瓏可愛的樣子，再藉由小花反思「人生與鮮露」的異同，在在顯現了詩人的心靈，對大自然與人生都有敏銳的思考與感受。又如，堪稱代表作的散文詩〈常州天寧寺聞禮懺聲〉，設想不同的時空情境描摹梵唄鐘聲，無論是沙漠月夜還是山谷迴風，都揭示了大自然所蘊藏的深意，而豐富的想像力與細膩生動的文詞，恰恰證明志摩乃是以詩筆來刻畫宇宙人生的真諦。

第三類關懷社會人生的，除了透顯志摩悲天憫人的胸懷之外，也可看到他對死亡問題的深度思考。這類作品有的和時事相關，例如描寫軍閥草菅人命的〈大帥〉，另有〈梅雪爭春（紀念三一八）〉，也是因時事而寫。一九二六年三月十八日，段祺瑞政府槍斃請願群眾，死者中有十三歲兒童者，因此志摩以詩記史，將少年為社會犧牲的形象，以「白的還是那冷翩翩的飛雪，／但梅花是十三齡童的熱血！」的句子形容，著實傳達了少年堅定的氣節。其次，有的是廣泛的寫出下階層百姓的困苦，例如〈古怪的世界〉，描寫一對孤苦無依的老婦人；而〈蓋上幾張油紙〉則描寫一個痛失愛子的母親，都顯現志摩對小人物能夠觀察入微，對其心理刻畫逼真。第三個形式，乃是對死亡的抽象思考，例如〈半夜深巷琵琶〉，以深夜的琵琶聲，帶出愁思悲緒，使人彷彿一步步靠近死神，不得不思考生與死的意義。

志摩的散文也是一絕，「濃得化不開」恰可形容其風格。他的散文不只是文詞華美、意象稠密，更鮮明的是其中濃郁熾熱情感，古人說：「文如其人」，志摩真的是把自己的性情都寫到文章裡去了，充分顯現他真誠、自由與美的信念。志摩的散文也可概分為三個類型：一是與故舊親人有關的，例如〈我的祖母之死〉、〈我的彼得〉、〈傷雙栝老人〉等，都寫得文情並茂，使人感受到志摩對這些親友的真情與懷念；二是有關人生感悟的，例如〈吸煙與文化〉、〈自剖〉、〈再剖〉等，對自己從學習政經行業到文學創作的心路歷程，娓娓道來，也不吝於自我剖析，非常具有坦誠面對自己的勇氣。〈海灘上種花〉則是對青年朋友詮說「靈性」與「真」的信仰，在文章的最後，志摩勸青年朋友：「你們要不怕做小傻瓜，儘量在這人道的海灘邊種你的鮮花去——花也許會消滅，但這種花的精神是不爛的。」這種浪漫的精神，是志摩一貫的性格。三是遊記類的作品，志摩寫下到國內外各地旅遊的印象，在他華美生動的文筆下，就算是鄉村小路也別有幽趣，何況是歐美旅遊聖地！英、法、義大利等國的城市與文化，經過志摩的描繪，都帶給中國讀者詩情畫意的想像，直到現在，他將佛羅倫斯巧譯為翡冷翠，仍讓人讚賞不已。因此，〈我所知道的康橋〉、〈巴黎的鱗爪〉、〈翡冷翠山居閒話〉等，都可說是名篇。

此外，一些書序，也很能代表志摩對自我與文學的看法。《猛虎集》序文、《巴黎的鱗爪》序文、《翡冷翠的一夜》序文等，都呈現出他在不同時期對自己創作理念的回顧與爬梳，充分展現他對寫作的虔誠態度。

書信、日記與札記這類作品，本屬私密的書寫，因此志摩更能揮灑，以他寫給陸小曼的書信、為兩人所寫的日記與札記來看，其中澎湃的熱情，時而高亢激昂，時而低迴沮喪，情感的穿梭流轉，難以稍加抑扼，不愧天才、文豪之名。

志摩像一顆明星劃過「五四」的天空，他的熱情令同時代的友人懷念，他的愛情故事在後世不斷渲染流傳；最不可忽視的是，他在新文學創作方面的成就。譬如兩岸知名學者楊牧（名詩人、曾任中央研究院中國文哲所所長）與謝冕（新詩專家、北京大學中文系教授）對志摩都十分肯定。楊牧在其編校《徐志摩詩選》的導論中說：

> 他是一個肯以文學去實踐夢想，體驗社會的勇者……雖然志摩的時代只是一個文學形式大摸索的時代，論一個人在十年內所致力忮求於新詩的體裁格調，以及實際試驗之勤勉與豐美，六十年代以前的中國詩人，無有出其右者。

謝冕主編《徐志摩名作欣賞》，其序文中提到：

作為散文家的徐志摩，他的成就並不下於作為詩人的徐志摩。……他以濃郁而奇豔的風格出現在當日的散文界，……唯有超常的大家才能把人們習以為常的感受表現得鋪張、繁彩、華豔、奇特。徐志摩便是在這裡佔在了五四散文大家的位置上。

以志摩在中國現代文學史上的開創與貢獻之功，以及後人對他的熱愛與崇敬，他真是我們「永遠的徐志摩」。

徐志摩

【新·詩·卷】

康橋❶再會罷

康橋，再會罷；
我心頭盛滿了別離的情緒，
你是我難得的知己，我當年
辭別家鄉父母，登太平洋去，
（算來一秋二秋，已過了四度
春秋，浪跡在海外，美土歐洲）
扶桑❷風色，檀香山芭蕉況味，
平波大海，開拓我心胸神意，
如今都變了夢裡的山河，
渺茫明滅，在我靈府❸的底裡；

我母親臨別的淚痕，她弱手
向波輪遠去送愛兒的巾色，
海風鹹味，海鳥依戀的雅意，
盡是我記憶的珍藏，我每次
摩按，總不免心酸淚落，便想
理篋歸家❹，重向母懷中匐伏，
回復我天倫摯愛的幸福；
我每想人生多少跋涉勞苦，
多少犧牲，都只是枉費無補，
我四載奔波，稱名求學，畢竟
在知識道上，採得幾莖花草，
在真理山中，爬上幾個峰腰，
鈞天妙樂❺，曾否聞得，彩紅色，
可仍記得？但我如何能回答？
我但自喜樓高車快的文明，

不曾將我的心靈汙抹，今日
我對此古風古色，橋影藻密，
依然能坦胸相見，惺惺惜別。

康橋，再會罷！
你我相知雖遲，然這一年中
我心靈革命的怒潮，盡衝瀉
在你嫵媚河身的兩岸，此後
清風明月夜，當照見我情熱
狂溢的舊痕，尚留草底橋邊，
明年燕子歸來，當記我幽嘆
音節，歌吟聲息，縵爛的雲紋
霞彩，應反映我的思想情感，
此日撒向天空的戀意詩心，
贊頌穆靜騰輝的晚景，清晨

富麗的溫柔；聽！那和緩的鐘聲
解釋了新秋涼緒，旅人別意，
我精魂❻騰躍，滿想化入音波，
震天徹地，彌蓋我愛的康橋，
如慈母之於睡兒，暖抱軟吻；
康橋！汝永為我精神依戀之鄉！
此去身雖萬里，夢魂必常繞
汝左右，任地中海疾風東指，
我亦必紆道西回，瞻望顏色；
歸家後我母若問海外交好，
我必首數康橋；在溫清冬夜
蠟梅前，再細辨此日相與況味；
設如我星明有福，素願竟酬，
則來春花香時節，當復西航，
重來此地，再撿起詩針詩線，

繡我理想生命的鮮花，實現
年來夢境纏綿的銷魂蹤跡，
散香柔韻節，增媚河上風流；
故我別意雖深，我願望亦密，
昨宵明月照林，我已向傾吐
心胸的蘊積，今晨雨色淒清，
小鳥無歡，難道也為是悵別
情深，累藤長草茂，涕淚交零！

康橋！山中有黃金，天上有明星，
人生至寶是情愛交感，即使
山中金盡，天上星散，同情還
永遠是宇宙間不盡的黃金，
不昧的明星；賴你和悅寧靜
的環境，和聖潔歡樂的光陰，

我心我智，方始經爬梳❼洗滌，
靈苗❽隨春草怒生，沐日月光輝，
聽自然音樂，哺啜古今不朽
——強半汝親栽育——的文藝精英；
恍登萬丈高峰，猛回頭驚見
真善美浩瀚的光華，覆翼在
人道蠕動的下界，朗然照出
生命的經緯脈絡，血赤金黃，
盡是愛主戀神的辛勤手績；
康橋！你豈非是我生命的泉源？
你惠我珍品，數不勝數；最難忘
騫士德頓橋下的星磷壩樂❾，
彈舞殷勤，我常夜半憑闌干，
傾聽牧地黑野中倦牛夜嚼，
水草間魚躍蟲嗤，輕挑靜寞；

難忘春陽晚照，潑翻一海純金，
淹沒了寺塔鐘樓，長垣短堞[10]，
千百家屋頂煙突[11]，白水青田，
難忘茂林中老樹縱橫；巨幹上
黛薄荼青[12]，卻教斜刺的朝霞，
抹上些微胭脂春意，忸怩神色；
難忘七月的黃昏，遠樹凝寂，
像墨潑的山形，襯出輕柔暝色，
密稠稠，七分鵝黃，三分桔綠，
那妙意只可去秋夢邊緣捕捉；
難忘榆蔭中深宵清囀的詩禽[13]，
一腔情熱，教玫瑰噙淚點首，
滿天星環舞幽吟，款住遠近[14]
浪漫的夢魂，深深迷戀香境；
難忘村裡姑娘的腮紅頸白；

難忘屏繡[15]康河的垂柳婆娑，
婀娜的克萊亞[16]，碩美的校友居；
——但我如何能盡數，總之此地
人天妙合，雖微如寸芥殘垣，
亦不乏純美精神：流貫其間，
而此精神，正如宛次宛士所謂
「通我血液，浹[17]我心臟」，有「鎮馴
矯飭之功」；我此去雖歸鄉土，
而臨行怫怫[18]，轉若離家赴遠；
康橋！我故里聞此，能弗怨汝
僭愛[19]，然我自有讜言[20]代汝答付；
我今去了，記好明春新楊梅
上市時節，盼我含笑歸來，
再見罷，我愛的康橋！

注　釋

❶康橋　(Cambrige) 通譯劍橋，在英國東南部，這裡指劍橋大學。劍橋大學與牛津大學齊名，創始於一二〇九年，十七世紀以來，人才輩出，十九世紀後，對數學與自然科學有卓越貢獻。是一所具古老傳統與優良學風之學府。志摩一九二一年至一九二二年在劍橋遊學。

❷扶桑　《山海經・海外東經》記載日出之處有扶桑國傳說，今指日本。

❸靈府　《莊子・德充符》：「不可入於靈府。」指心靈。

❹理篋歸家　整理書箱，返回家鄉。篋，箱子。

❺鈞天妙樂　天上的音樂，比喻難得聽見的真理。鈞天，天的最中央。

❻精魂　靈魂。

❼爬梳　韓愈〈送鄭尚書序〉：「蜂屯蟻聚，不可爬梳。」爬、梳，都是整理的意思。這裡是說整理自己思想情感的脈絡。

❽靈苗　靈魂的根苗，指對人生的感悟之心。

❾星磷壩樂　星光、水壩發出的水流聲。磷，同粼，光芒閃爍的樣子。

❿堞　城牆上的矮牆。

⓫煙突　煙囪。

⓬黛薄荼青　形容樹幹的顏色是淺淺一層青黑色，又青中帶白的感覺。黛，青黑色。荼，白色。

⑬詩禽　鳥兒。因為鳥鳴宛轉動聽，彷彿詩人寫出動人的詩篇一樣，所以叫牠詩禽。

⑭款住遠近　形容星光散發的光芒宛如優美的旋律，流傳在遠近各處。款，留。

⑮屏繡　在屏風上刺繡。指兩岸的柳樹妝點了康河的美景。

⑯克萊亞　康橋大學的校友樓名稱。

⑰浹　滲透。

⑱怫怫　音ㄈㄨˊㄈㄨˊ。鬱悶。

⑲僭愛　感情僭越彼此的分際。這裡必須與上句連讀「康橋！我故里聞此，能弗怨汝／僭愛」，意謂如果我家鄉的人知道我離開你（康橋），心情是這麼的鬱悶，他們怎能不抱怨你僭越了分寸。因為志摩離開康橋返鄉，心情應是愉快的，歸心似箭，現在反而依依難捨，甚至說「汝永為我精神依戀之鄉」，超過了對家鄉的愛。

⑳讜言　善言，好話。

賞析

一九二二年八月，留學英國四年的徐志摩即將回國，在離別前夕，他寫下了心中的眷戀與期盼。

在英國康橋的日子，是志摩一生的轉捩點。在學業上，他棄商從文；在婚姻上，他要求離婚，追尋另一個玫瑰色的夢幻。整個來說，康橋啟發了他的性靈與智慧，塑造了他一生對愛、美與自由的信念。

這首詩首先回溯當年渡海求學的情景，母親臨別的淚痕與揮別的巾影，時常在他心頭縈繞，因此，能夠學成返鄉，回復天倫幸福，是他莫大的欣慰。在第一段中，志摩還自謙在知識與真理的道路上，他只不過學到了一點點皮毛（「採得幾莖花草」、「爬上幾個峰腰」），而他最自喜的是不被樓高車快的文明汙染，仍然遵循古風古色，無愧康橋的人文氣息對他的陶養。

第二段，志摩開始細數在康橋的生活。無論是康河兩岸柔媚的青草地，或是雲霞絢爛的天空；無論是清晨的富麗溫柔，或是夜晚的清風明月，都激發志摩豐富的想像與歡欣的心情。這一份「戀意詩心」，是如此浪漫醉人，如此澎湃激昂，使得他「精魂騰躍，滿想化入音波，震天徹地，彌蓋我愛的康橋」。

第三段，更具體點出幾個常去遊玩的地方。其中對於景色的描摹，用詞華美，充滿視覺之美，例如把春陽晚照形容成「潑翻一海純金」，形容老樹的軀幹是「黛薄茶青」，而朝霞照射其上，又像「抹上些微胭脂春意」，無不使人眼前一亮，像欣賞一幅幅色彩明豔生動的圖畫。而句子中間以聽覺意象點綴，「倦牛夜嚼」、「魚躍蟲嗤」、

「榆蔭中深宵清囀的詩禽」，連滿天星斗，都彷彿在低低「幽吟」，真是美極了的境界。這人間仙境的靈秀曼妙，像志摩自己說的：「但我如何能盡數，總之此地／人天妙合，雖微如寸芥殘垣，／亦不乏純美精神：流貫其間」！

志摩對康橋自然景色的著迷，在其他兩首也是描寫康橋的作品：〈春〉與〈康橋西野暮色〉，也可以看到。但最重要的就是這「人天妙合」、天人合一的境界，可說是志摩在康橋最深刻的體會，使他可以從自然的景色中，沉靜思考生命的本質。

這首詩屬志摩早期作品，文句稍嫌冗長，偶有文言習氣，看得出嘗試寫作白話詩的痕跡。雖不如〈再別康橋〉有名，但卻已勾勒出志摩對康橋的深深眷戀。在詩中，志摩屢屢呼告：「你是我難得的知己」、「我心靈革命的怒潮，盡衝瀉／在你嫵媚河身的兩岸」、「康橋！汝永為我精神依戀之鄉！」、「康橋！你豈非是我生命的泉源？」在在顯示他對康橋的依賴。志摩將這分依依不捨之情轉為來春再重逢的期盼：「則來春花香時節，當復西航／重來此地，再撿起詩針詩線，繡我理想生命的鮮花」、「我今去了，記好明春新楊梅／上市時節，盼我含笑歸來，／再見罷，我愛的康橋！」這真是最動人的離別祈願了！

落葉小唱

一陣聲響轉上了階沿
（我正挨近著夢鄉邊；）
這回準是她的腳步了，我想——
　在這深夜！

一聲剝啄❶在我的窗上
（我正靠緊著睡鄉旁；）
這準是她來鬧著玩——你看，
　我偏不張皇❷！

一個聲息貼近我的床，
我說（一半是睡夢，一半是迷惘：）
「你總不能明白我，你又何苦
　多叫我心傷！」

一聲喟息落在我的枕邊
（我已在夢鄉裡留戀；）
「我負了你」你說——你的熱淚
　燙著我的臉！

這音響惱著我的夢魂
（落葉在庭前舞，一陣，又一陣；）
夢完了，呵，回復清醒；惱人的——
　卻只是秋聲！

注釋

❶剝啄　形容秋風碰撞窗戶的聲音。
❷張皇　慌張。

賞析

這首詩描寫「秋聲」，什麼是秋天的聲音、秋天的氣息？那是一種蕭瑟的氣氛，悲涼的感覺吧。一年四季，每到秋天，草木凋零，總引起騷人墨客莫名的惆悵。而這首詩就以秋天葉子掉落的聲音為焦點，從細微的聲響中，捕捉秋天的氣息，帶著些微的感傷。

有趣的是，詩一開始並未點明這種情況，反而故作神祕，彷彿有一個女子沿著庭院臺階悄悄來到「我」的窗邊，又在窗邊輕敲——詩中用「剝啄」來形容這聲響，十分俏皮；當女子來到「我」的床前，「一聲喟息落在我的枕邊」，我還在夢中懊惱著，分不清這是夢幻還是真實。直到女子說出「我負了你」及熱淚滴下，「我」才從夢中清醒，才知道這一切都是落葉在庭前飛舞，陣陣「落葉小唱」的聲響，激起有心人的浪漫想像。這裡，「你的熱淚／燙著我的臉」的句子，筆法誇張，但也極生動。

這首詩還可以注意的是形式上的整齊。每段都是四行，第二行都是以括弧夾注，鋪陳「我在夢鄉」中的感覺，使整首詩的結構非常有次序，也產生虛實交錯的效果。

去罷

去罷，人間，去罷！
我獨立在高山的峰上；
去罷，人間，去罷！
我面對著無極的穹蒼。

去罷，青年，去罷！
與幽谷的香草同埋；
去罷，青年，去罷！
悲哀付與暮天的群鴉。

去罷，夢鄉，去罷！
我把幻景的玉杯摔破；
去罷，夢鄉，去罷！
我笑受山風與海濤之賀。

去罷，種種，去罷！
當前有插天的高峰！
去罷，一切，去罷！
當前有無窮的無窮！

賞　析

也許是在現實上受了挫折，也許是對社會有所不滿，志摩寫下了這首〈去罷〉。不斷重複出現的「去罷」，代表心中的鬱悶難解，因此頻頻呼喊，彷若古代詩人陶淵明高唱〈歸去來辭〉一般。其中，又以第二段的「與幽谷的香草同埋」、「悲哀付與暮天的群鴉」兩句，最為傷慟低沉，有懷才不遇、踽踽獨行的悵惘。代表理想的「夢鄉」，和美好希望的「幻景的玉杯」，都在這陰低潮的情緒中被遠遠抛棄，人生的一切都失去了色彩。

但這首詩看似消極灰色，其實仍有奮勇豪邁的精神。因為面對這低調的情緒，志摩採取的對策是「我獨立在高山的峰上」、「我面對著無極的穹蒼」，而且「我笑受山風與海濤之賀」，志摩終究還是向大自然尋求慰藉，並且在茫茫無語的境地裡，把一切的一切都甩開。志摩，畢竟是志摩，他從不對人間失望，縱有感慨，他也會從大自然中獲得新生的力量。

為要尋一個明星

我騎著一匹拐腿的瞎馬，
向著黑夜裡加鞭；
向著黑夜裡加鞭，
我跨著一匹拐腿的瞎馬！

我衝入這黑綿綿的昏夜：
為要尋一顆明星；
為要尋一顆明星，
我衝入這黑茫茫的荒野。

累壞了，累壞了我跨下的牲口。
　那明星還不出現；
　那明星還不出現，
累壞了，累壞了馬鞍上的身手。

這回天上透出了水晶似的光明，
　荒野裡倒著一隻牲口，
　黑夜裡躺著一具屍首。
這回天上透出了水晶似的光明！

容許我的不躊躇的注視，容許
我的熱情的獻致，容許我保持
這顯示的神奇，這現在與此地，
這不可比擬的一切間隔的毀滅！
我更不問我的希望，我的惆悵，

未來與過去只是渺茫的幻想，
更不向人間訪問幸福的進門，
只求每時分給我不死的印痕，
變一顆埃塵，一顆無形的埃塵，
追隨著造化的車輪，進行，進行……

賞析

這首詩充滿人生的哲理。在這裡，「明星」可視為一種象徵，無論與國家社會有關，或指人生事業，或僅是個人的戀愛願望，只要是個人心中的最終理想，都可以是一顆閃亮亮的明星。而為了要追尋這麼一顆明星，「我」騎著瞎馬，在黑夜裡快馬加鞭，在黑茫茫的荒野勇敢向前衝撞。為什麼是騎「瞎馬」而不是「駿馬」、「千里馬」？想必是「我」的資本很稀少，處境很可憐，是弱勢中的弱勢，因此才不得不騎著「瞎馬」摸黑前進。這當然是危險而艱困的，但也更顯現出不放棄不妥協的精神。

然而，這歷盡千辛萬苦的追尋，結果如何呢？直到人馬都累壞了，天上才露出水晶似的光明，但是只見「荒野裡倒著一隻牲口」，「黑夜裡躺著一具屍首」，多麼悲壯的犧牲啊！「這回天上透出了水晶似的光明」，在這水晶似的光輝下，為理想而犧牲的勇者，他的精神是永恆不朽的。

我有一個戀愛

我有一個戀愛——
我愛天上的明星；
我愛他們的晶瑩：
　人間沒有這異樣的神明。

在冷峭的暮冬的黃昏，
在寂寞的灰色的清晨。
在海上，在風雨後的山頂——
　永遠有一顆，萬顆的明星！

山澗邊小草花的知心，
高樓上小孩童的歡欣，
旅行人的燈亮與南針——
　萬萬里外閃爍的精靈！

我有一個破碎的魂靈，
像一堆破碎的水晶，
散佈在荒野的枯草裡——
　飽啜你一瞬瞬❶的殷勤。

人生的冰激❷與柔情，
我也曾嘗味，我也曾容忍；
有時階砌下蟋蟀的秋吟，
　引起我心傷，逼迫我淚零。

我袒露我的坦白的胸襟，
　獻愛與一天的明星；
任憑人生是幻是真，
地球存在或是消泯——
　大空中永遠有不昧❸的明星！

注釋

❶一瞬瞬　瞬間。
❷冰激　比喻挫折失意的事。
❸不昧　不會黯淡。昧，暗。

賞析

這首詩題目裡雖然有「戀愛」的字眼，但詩人戀愛的對象，不是哪個世間女子，而是天上明亮的星星。這天上的明星，代表著詩人心中永恆不變的理想，因此使得他不會被現實打敗，永遠懷抱著希望與熱忱。

這首詩藉由「明星」的意象，妝點了光明溫暖的氣氛，例如第二、三段所寫的，滿天的繁星，恰恰是芸芸眾生的希望所在與欣喜的泉源。而詩人自己所歷經的人生況味，無論悲喜或冰激與柔情，也都可以向天上的明星袒露，終而平復心情，堅定自若。

破廟

慌張的急雨將我
趕入了黑叢叢的山坳❶，
迫近我頭頂在騰拿，
惡狠狠的烏龍鉅爪；
棗樹兀兀的隱蔽著
一座靜悄悄的破廟，
我滿身的雨點雨塊，
躲進了昏沉沉的破廟

雷雨越發來得大了：

霍隆隆半天裡霹靂，
豁喇喇林葉樹根苗，
山谷山石，一齊怒號，
千萬條的金剪金蛇，
飛入陰森森的破廟，
我渾身戰抖❷，趁電光
估量這冷冰冰的破廟；

我禁不住大聲喊嗷❸；
電光火把似的照耀，
照出我身旁神龕❹裡
一個青面獰笑的神道，
電光去了，霹靂又到，
不見了獰笑❺的神道，
硬雨石塊似的倒瀉

我獨身藏躲在破廟；

千年萬年應該過了！
只覺得渾身的毛竅，
只聽得駭人的怪叫，
只記得那兇惡的神道，
忘了我現在的破廟；
好容易雨收了，雷休了，
血紅的太陽，滿天照耀，
照出一個我，一座破廟！

注釋

❶山坳　山谷。
❷戰抖　同「顫抖」。發抖的意思。
❸嗷　呼喊。

❹神龕　擺設神像的地方。
❺獰笑　猙獰的笑，令人感到恐怖害怕的笑。

賞析

這首詩描述在破廟中躲雨的經驗，氣氛緊張，節奏急促，刻意選用醜怪的形容詞，十分醒目。

第一段開門見山，因為急雨所迫，才把詩中的「我」趕進山坳破廟裡躲雨。老棗樹的怪奇姿態，已為後面的驚悚氣氛預設伏筆。第二段描寫雷雨的氣勢，以「千萬條的金剪金蛇，／飛入陰森森的破廟」形容雷雨，可說想像獨特，生動逼真。而藉由這閃電的照耀，「我」才得以打量廟中的擺設。因此引出第三段，「我」看見了神龕裡青面獰笑的神像，在電光、霹靂的聲光效果加強下，「我」已經膽顫心驚，孰料又來了一陣「硬雨石塊似的倒瀉」，「我」更被嚇得魂飛魄散。最後一段，「千年萬年應該過了！」代表「我」心中的焦急，惟恐這雷雨下個不停。最後終於雨收雷停，太陽出來了，照耀著我，也照耀著破廟。過程驚險有趣，對「我」的心理描寫也十分細膩入微，使我們領略了志摩的誇張與幽默。

灰色的人生

我想──我想開放我的寬闊的粗暴的嗓音，唱一支野蠻的大膽的駭人的新歌；
我想拉破我的袍服，我的整齊的袍服，露出我的胸膛，肚腹，脅骨❶與筋絡；
我想放散我一頭的長髮像一個遊方僧❷似的散披著一頭的亂髮；
我也想跳❸我的腳，跳我的腳，在巉牙❹似的道上，快活地，無畏地走著。

我要調諧我的嗓音，傲慢的，粗暴的，唱一闋荒唐的，摧殘的，瀰漫的歌調；
我伸出我的巨大的手掌，向著天與地，海與山，無饜地求討，尋撈；
我一把揪住了西北風，問他要落葉的顏色，
我一把揪住了東南風，問他要嫩芽的光澤；
我蹲身在大海的邊旁，傾聽他的偉大的酣睡的聲浪；

我捉住了落日的彩霞，遠山的露靄，秋月的明輝，散放在我的髮上，胸前，袖裡，腳底……

我只是狂喜地大踏步地向前——向前——口唱著暴烈的，粗傖❺的，不成章的歌調；

來，我邀你們到海邊去，聽風濤震撼大空的聲調；

來，我邀你們到山中，聽一柄利斧斫伐老樹的清音；

來，我邀你們到密室裡去，聽殘廢的，寂寞的靈魂的呻吟；

來，我邀你們到雲霄外去，聽古怪的大鳥孤獨的悲鳴；

來，我邀你們到民間去，聽衰老的，病痛的，貧苦的，殘毀的，受壓迫的，煩悶的，奴役的，懦怯的，醜陋的，罪惡的，自殺的——和著深秋的風聲與雨聲——合唱的「灰色的人生！」

注釋

❶膂骨　肋骨。左右排列各十二，形扁而彎。前接胸骨，後接脊柱，有保護胸腔及參與呼吸動

作的功能。

❷遊方僧　到處雲遊的出家人。

❸跣　赤腳。

❹巉牙　高峻尖峭。

❺粗傖　粗鄙。

賞析

這首詩以「灰色的人生」為題，寫的不只是個人不得志、失落的情懷，也包含了對現實世界，老弱貧病者的同情。詩的題材與主題都相當特別，與志摩慣見的詩歌風格大異其趣。但也可證明志摩的詩不只風花雪月，他也有關懷社會民生的作品。

全篇共三段，以長句組成，形成滔滔不絕的氣勢，和詩中充沛的情感相得益彰。第一段主要寫出自己想要掙脫束縛，以一個赤足散髮的遊方僧快活、無畏地行走天涯。這是破天荒的想像，顯現詩人內心必有巨大的憂悶，所以才要破繭而出，「唱一支野蠻的大膽的駭人的新歌」。第二段，詩人想要以荒唐豪邁的嗓音和姿態，向天地自然索求紅葉、彩霞等風景；這是想要突破「灰色的人生」的羅網，向大自然祈求靈藥。第三段，從個人的「我」，延伸到「我邀你們」，代表從自我的小範圍擴展到眾生普遍的處境。由最後三句的描述，尤能體現詩人對弱勢者的悲憫心理。

不能忽視的是，這三個段落中，「我」所唱的歌曲與曲調，不是優雅柔美的風格，而是：大膽的、野蠻的、暴烈的、不成章的，這類的形容詞，更使人想見詩人心中的憤懣，所以他要大聲吶喊——為自己，也為芸芸眾生。

常州天寧寺❶聞禮懺❷聲

有如在火一般可愛的陽光裡，偃臥在長梗的，雜亂的叢草裡，聽初夏第一聲的鷓鴣，從天邊直響入雲中，從雲中又迴響到天邊；

有如在月夜的沙漠裡，月光溫柔的手指，輕輕的撫摩著一顆顆熱傷了的砂礫，在鵝絨般軟滑的熱帶的空氣裡，聽一個駱駝的鈴聲，輕靈的，輕靈的，在遠處響著，近了，近了，又遠了……

有如在一個荒涼的山谷裡，大膽的黃昏星，獨自臨照著陽光死去了的宇宙，野草與野樹默默的祈禱著，聽一個瞎子，手扶著一個幼童，鐺的一響算命鑼，在這黑沉沉的世界裡迴響著；

有如在大海裡的一塊礁石上，浪濤像猛虎般的狂撲著，天空緊緊的繃著黑雲的厚幕，聽大海向那威嚇著的風暴，低聲的，柔聲的，懺悔他一切的罪惡；

有如在喜馬拉雅的頂顛，聽天外的風，追趕著天外的雲的急步聲，在無數雪亮的山壑間迴響著；

有如在生命的舞臺的幕背，聽空虛的笑聲，失望與痛苦的呼籲聲，殘殺與淫暴的狂歡聲，厭世與自殺的高歌聲，在生命的舞臺上合奏著。

我聽著了天甯寺的禮懺聲！

這是那裡來的神明？人間再沒有這樣的境界！

這鼓一聲，鐘一聲，磬❸一聲，木魚一聲，佛號一聲……樂音在大殿裡，迂緩的，曼長的迴盪著，無數衝突的波流諧合了，無數相反的色彩淨化了，無數現世的高低消滅了……

這一聲佛號，一聲鐘，一聲鼓，一聲木魚，一聲磬，諧音磅礴在宇宙間——解開一小顆時間的埃塵，收束了無量數世紀的因果；

這是那裡來的大和諧——星海裡的光彩，大千世界的音籟，真生命的洪流：止息了一切的動，一切的擾攘；

在天地的盡頭，在金漆的殿椽❹間，在佛像的眉宇間，在我的衣袖裡，在耳鬢邊，在官感裡，在心靈裡，在夢裡……

在夢裡，這一瞥間的顯示，青天，白水，綠草，慈母溫軟的胸懷，是故鄉嗎？是故鄉嗎？

光明的翅羽，在無極中飛舞！

大圓覺底裡流出的歡喜，在偉大的，莊嚴的，寂滅的，無疆的，和諧的靜定中實現了！

頌美呀，涅槃❺！讚美呀，涅槃！

注釋

❶常州天寧寺　江蘇省常州著名的禪寺，始建於唐朝永徽年間（六五〇—六五五），距今已有一千三百多年歷史，開山祖師是法融禪師。清乾隆皇帝曾三次到天寧寺撚香拜佛，並為寺題「龍城像教」匾額和楹聯。天寧寺自明代起就被稱為「東南第一叢林」，與鎮江金山江天寺、揚州高旻寺、寧波天童寺都是中國佛教界著名禪宗道場。天寧寺內有八殿、二十五堂、二十四樓、三室、兩閣共四百九十七間房舍，總面積超過一百一十畝之多；主要有天王殿、羅漢堂、大雄寶殿、望海觀音、玉佛殿、放生池等著名景點。

❷禮懺　佛家語。禮拜佛菩薩，懺悔所造之罪惡。多半以誦經方式。

❸磬　樂器名，石製，片狀。寺廟在誦經禮懺時，用來伴奏。

❹椽　橫樑。

❺涅槃　佛家語。圓寂、渡滅，歸真返本的意思。

賞析

這首詩也有人認為是散文，但因它具有濃密的意象，所以我們把它列入散文詩。

內容寫的是聽見寺廟禮懺聲的印象與感想，想像開闊、布局巧妙，令人對志摩的詩歌作品又有另一種觀感。

本詩的前六段，以「有如」開頭，展開一連串的想像。在六種不同的時空情境中，始終不曾偏離「聲音」的主軸，描繪豐富的聽覺意象，引發的心理經驗又不盡相同，真是令人嘆為觀止。例如第一段寫的是火熱的陽光下，初夏的鵪鴣鳥響亮的叫聲；第二段寫的是月夜沙漠，輕巧的駝鈴聲忽遠忽近；第三段寫的是荒涼的山谷，暮色中，瞎子的算命鑼迴響著；第四段寫的是暴風雨中，海浪撲向岩礁的低吼；第五段寫的是喜馬拉雅山頂，天風在山壑間迴響；第六段是生命舞臺上，各種歌哭的聲音；這種種的描述，都指向寺廟禮懺聲，能不說他寫得妙嗎？而在第七段，以「我聽著了天寧寺的禮懺聲」總括前文，又引起下文，真正對禮懺聲作一番實景的描述，帶出法喜的心情，使讀者彷彿也歷經了一場梵唄鐘聲的洗禮。由此也可見志摩才情縱橫，文筆可以自由變化。

蓋上幾張油紙❶

一片，一片，半空裡
　掉下雪片；
有一個婦人，有一個婦人，
　獨坐在階沿。

虎虎的，虎虎的，風響
　在樹林間；
有一個婦人，有一個婦人，
　獨自在哽咽。

為什麼傷心，婦人，
　這大冷的雪天？
為什麼啼哭，莫非是
　失掉了釵鈿❷？

不是的，先生，不是的，
　不是為釵鈿；
也是的，也是的，我不見了
　我的心戀。

那邊松林裡，山腳下，先生，
　有一隻小木篋，
裝著我的寶貝，我的心，
　三歲兒的嫩骨！

昨夜我夢見我的兒：
　叫一聲「娘呀——
天冷了，天冷了，天冷了，
　兒的親娘呀！」

今天果然下大雪，屋檐前
　望得見冰條，
我在冷冰冰的被窩裡摸——
　摸我的寶寶。

方才我買來幾張油紙，
　蓋在兒的床上；
我喚不醒我熟睡的兒——
　我因此心傷。

一片，一片，半空裡
　掉下雪片；
有一個婦人，有一個婦人，
　獨坐在階沿。

虎虎的，虎虎的，風響
　在樹林間；
有一個婦人，有一個婦人，
　獨自在哽咽。

注　釋

❶油紙　塗上桐油或其他植物油的紙，可用來防水。
❷釵鈿　婦女頭上的裝飾品。

賞析

一個傷心的婦人坐在臺階上哭，旁人問她是不是掉了美麗昂貴的釵鈿，她說不是不是，她失掉的是她的「心戀」——她最寶貝的三歲嬌兒，他已入土長眠！

真是個悲慘的故事。

志摩運用整齊的段落形式、押韻的筆法，刻畫這個悲傷婦人的形象。首先，塑造寒冷淒涼的情境：一片，一片的雪片落下，虎虎的，虎虎的風吹響林間，令人不禁打個哆嗦，好冷的風雪天啊！這時，階沿上獨自嗚咽的婦人，她的形象就顯得非常突出，她是誰？為什麼出現在這裡？詩的第三段為我們發出疑問。

第四至八段是婦人的回答，以及說明孩子的死因。婦人一會兒說「不是的」，一會兒又說「也是的」，看似語無倫次，卻正代表著她內心的傷痛。因為，美麗的釵鈿首飾是女性的珍愛，說不定這些東西不僅昂貴，還有紀念意義。如果不是丟了這些，她怎麼會哭得哽咽呢？但，也可以這麼說，因為她失掉的，就像釵鈿一樣寶貴，那是她的「心戀」，木篋裡裝著的是她獨一無二的寶貝，她三歲孩兒的嫩骨。婦人說，昨夜她夢見孩子頻頻呼喊親娘，想必是天冷了的關係，孩子凍得受不了。因此婦人趕緊把手伸進被窩裡摸摸孩子，才發現被窩真是冰冷呀。於是，天一亮，婦人就去買了幾張油紙蓋在孩子的床上，但孩子已經凍死了，喚不醒了，婦人傷心不已。這裡用「夢」來寄託，一方面是含蓄寫出孩子凍死的過程，另方面也可以想成孩子已死了，但婦人還忘不了孩子，因此做夢都怕他受寒，還要買油紙來幫他鋪床。結果當然是一場空，徒增悲傷。不管是什麼情形，薄薄的幾張油紙是不能抵擋寒氣的，更顯現窮苦人家的辛酸。

婦人說完後，詩的最後兩段，又回到場景的描寫，和開頭的一、二段互相呼應。在第三段為讀者問話的人並沒有說出任何感想，一切盡在不言中，寒冷的風雪天，階沿上一個婦人獨自傷心嗚咽……。

古怪的世界

從松江的石湖塘
　上車來老婦一雙，
顫巍巍❶的承住弓形的老人身，
多謝（我猜是）普渡山的盤龍藤❷：
　青布棉襖，黑布棉套，
　頭毛半禿，齒牙半耗：
肩挨肩的坐落在陽光暖暖的窗前，
畏葸❸的，呢喃的，像一對寒天的老燕；

震震的乾枯的手背，
　震震的皺縮的下頦：
這二老！是妯娌❹，是姑嫂，是姊妹？
緊挨著，老眼中有傷悲的眼淚！

　憐憫！貧苦不是卑賤，
　老衰中有無限莊嚴——
老年人有什麼悲哀，為什麼悽傷？
為什麼在這快樂的新年，拋卻家鄉？

　同車裡雜遝❺的人聲，
　軌道上疾轉著車輪；
我獨自的，獨自的沉思這世界古怪——
是誰吹弄著那不調諧的人道的音籟？

注釋

❶顫巍巍　抖顫。

❷普渡山的盤龍藤　普渡山，又稱普陀山，在浙江省定海縣東海中。相傳是觀音菩薩說法顯聖處，是佛教的聖地，山上多佛寺，每到觀音誕日，朝拜者眾多。盤龍藤，形如盤龍的老樹藤。

❸畏葸　畏懼。葸，音ㄒㄧˇ。畏懼。

❹妯娌　兄弟的太太互稱為妯娌。

❺雜遝　雜亂。

賞析

這首詩在形式上是個新的試驗，同樣是整齊的段落，但採用前二句低、後二句高的排列方式；低的是描寫人物的外形或外在環境，高的則是進一步刻畫與想像，傳達作者的感受。

在刻畫人物的技巧上，也相當熟練。譬如第一段的三、四句，用倒裝句法，以盤龍藤承住老婦人弓形的身軀形容老婦人痀僂的模樣；第二、三段以青布棉襖、黑布棉套、頭毛半禿、齒牙半秏、乾枯的手背、皺縮的下頦，描寫老婦人的衣著與外貌，都可說是栩栩如生。

全篇的主題意義則在於透過一對老婦人，思索造化弄人，老而不能安養，感嘆這不和諧的人生曲調。在新年期間，兩個情同姐妹的老婦人不在家享受天倫之樂，卻相偕外出，在雜遝的火車上相偎呢喃，老眼中還噙著傷悲的眼淚，怎不叫人同情，猜想她們可憐的身世遭遇呢！

她是睡著了

她是睡著了——
星光下一朵斜欹❶的白蓮；
她入夢境了——
香爐裡裊起一縷碧螺煙❷。

她是眠熟了——
澗泉幽抑了喧響的琴絃；
她在夢鄉了——
粉蝶兒，翠蝶兒，翻飛❸的歡戀。

停匀❹的呼吸：
清芬滲透了她的周遭的清氛；
有福的清氛；
懷抱著，撫摩著，她纖纖的身形！

奢侈的光陰！
靜，沙沙的盡是閃亮的黃金，
平鋪著無垠——
波鱗間輕漾著光豔的小艇。

醉心的光景：
給我披一件彩衣，啜一罎芳醴❺，
折一支藤花，
舞，在葡萄叢中顛倒，昏迷。

看呀，美麗！
三春的顏色移上了她的香肌，
是玫瑰，是月季，
是朝陽裡的水仙，鮮妍❻，芳菲！
夢底的幽祕，
挑逗著她的心——純潔的靈魂——
像一隻蜂兒，
在花心恣意的唐突——溫存。

童真的夢境！
靜默；休教驚斷了夢神的慇懃；
抽一絲金絡❼，
抽一絲銀絡，抽一絲晚霞的紫曛❽；
玉腕與金梭❾，

織縑❿似的精審，更番⓫的穿度⓬——
化生了彩霞，
神闕，安琪兒⓭的歌，安琪兒的舞。

可愛的梨渦⓮，
解釋了處女的夢境的歡喜，
像一顆露珠，
顫動的，在荷盤中閃耀著晨曦！

注釋

❶欹　斜。
❷碧螺煙　青綠色的煙霧。
❸翻飛　翻飛，快樂飛舞的樣子。翻，通「翻」。
❹停匀　均匀。
❺醴　美酒。

❻鮮妍　鮮豔美麗。
❼絡　絲線。
❽曛　夕陽的餘光。
❾玉腕與金梭　玉腕，形容夢神的手臂如玉般晶瑩潔白。金梭，形容精巧的梭子。這裡是說夢神把雲彩當成絲線，編織出美麗的彩霞。
❿縑　質地細緻的雙絲絹。
⓫更番　輪番、輪流。
⓬穿度　穿梭編織。
⓭安琪兒　(angel) 天使。
⓮梨渦　嘴角淺淺的酒渦。

賞　析

這首詩寫活了蓮花的純潔、美麗、優雅，在瑰曼生動的想像中，塑造一個靈巧神祕的境界，令人無限神往。

全篇共十段，從星光下睡著的白蓮，寫到晨曦中晶瑩的露珠，彷彿歷經一場星光下的幽夢，白蓮窈窕幽靜，蜂蝶漫漫飛舞，雲霞錯彩鏤金，真是美極了。

全篇充分運用擬人法，把白蓮花比喻為一位純潔的少女，在星光下、一縷青煙中睡去，泉水也為她噤聲；而在夢中，蜂蝶卻翩翩起舞；想必是為她鋪陳一個歡樂的夢境吧。少女睡得很熟，呼吸十分勻稱，淡淡的清香在她纖細的身形圍繞飄散。她的香肌白裡透紅，像玫瑰、月季，又像朝陽裡的水仙。她的臉上有著可愛的梨渦，笑起來十分迷人，更像一顆露珠，在荷盤中滾動，閃耀著晨曦。這些描繪，大致都扣緊蓮花的潔白、晶瑩剔透、清香等特質加以想像。

對於周遭環境的描寫，也不遺餘力。星光、碧螺煙、潺潺泉流、漾著金光的小艇等，共同鋪設了池塘寧靜的氣氛。而對於夢境的想像，更宛如仙境一般，蜂蝶快樂飛舞，連「夢神」都慇懃地為她編織絢爛璀燦的彩霞，金絡、銀絡、紫曛、玉腕、金梭等用詞，都十分光燦耀眼，令人目不暇給。

這麼美的一幅荷塘夜色，難怪志摩自己都要「舞，在葡萄叢中顛倒，昏迷」。這首詩讓我們見識到志摩唯美浪漫的風格。

沙揚娜拉❶十八首

（選第十五至十八首）

15

不辜負造化主的匠心，
她們流眄❷中有無限的殷勤；
比如熏風❸與花香似的自由，
我餐不盡❹她們的笑靨與柔情——
沙揚娜拉！

16

我是一隻幽谷裡的夜蝶：
在草叢間成形，在黑暗裡飛行，
我獻致我翅羽上美麗的金粉，
我愛戀萬萬里外閃亮的明星——
沙揚娜拉！

17

我是一隻酣醉了的花蜂：
我飽啜了芬芳，我不諱❺我的猖狂：
如今，在歸途上嚶嗡❻著我的小嗓，
想讚美那別樣的花釀，我曾經恣嘗——
沙揚娜拉！

18

最是那一低頭的溫柔，
像一朵水蓮花不勝涼風的嬌羞，
道一聲珍重，道一聲珍重，
那一聲珍重裡有蜜甜的憂愁——
沙揚娜拉！

注釋

❶沙揚娜拉　即日語「珍重，再見」之意。
❷流眄　眼神流轉。
❸熏風　和風。
❹餐不盡　享受不完。
❺不諱　不避諱，意思是說明白表現出來，不會遮掩。
❻嚶嗡　嚶是鳥鳴，嗡是蟲聲，這裡比喻自己像酣醉的蜜蜂一樣，嗡嗡唱著輕快的曲調。

賞析

一九二四年五月至七月，志摩隨泰戈爾訪日，寫下〈沙揚娜拉十八首〉的組詩；「沙揚娜拉」即日語「珍重，再見」之意。本書酌選第十五至十八首加以欣賞。

這十八首詩分別描繪了他所體認的日本的風土民情，不管是清幽的墓園、歡鬧的慶典或是青山急流，在在使他印象深刻。尤其使他最難忘的，是日本女郎的美麗溫柔身段，因此從第十三首起，就以日本女郎為焦點，藉由對她們的描寫，透露依依不捨之情。

譬如第十五首，志摩點出日本女郎靈動的眼神中有無限的殷勤，就像「熏風與花香似的自由」，因此志摩感覺自己像是醉了一樣，在第十六、十七兩首，形容自己變成了夜蝶和花蜂，盡情領受日本女郎的溫柔風情。這兩種譬喻都很生動眩目，試想像：黑夜裡，夜蝶帶著翅上美麗的金粉，到處飛行，多麼醒目誘人！而這樣的夜蝶之舞，乃是要獻給萬里外閃亮的明星——日本，以及那些可愛的日本女郎。在下一刻，這隻夜蝶又化做酣醉的花蜂，飽啜、猖狂、低唱的姿態將志摩的陶醉心情表現得淋漓盡致。最後，把目光焦點再轉回日本女郎身上，第十八首開端：「最是那一低頭的溫柔，／像一朵水蓮花不勝涼風的嬌羞」，這兩句描繪，對日本女郎的輕盈體態與嬌羞神情，可說有如神來之筆，凸顯日本女郎的風姿綽約。而這臨別的一瞥，美好的印象也就深深烙印在志摩心中。這分離別之情結束在「道一聲珍重，道一聲珍重，／那一聲珍重裡有蜜甜的憂愁——／沙揚娜拉！」，藉日語「沙揚娜拉」道出珍重再見，尤其令人難以忘懷。

朝霧裡的小草花

這豈是偶然，小玲瓏的野花！
　你輕含著閃亮的珍珠
　像是慕光明的花蛾，
在黑暗裡想念著燄彩，晴霞；

我此時在這蔓草叢中過路，
無端的內感[1]，惘悵與驚訝，
　在這迷霧裡，在這岩壁下，
思忖著，淚怦怦的，人生與鮮露？

注　釋

❶無端的內感　無來由的，內心與起一些感觸；即下文的悵惘與驚訝的感覺。

賞　析

這是一首可愛迷人的小詩。兩段八行，卻點出「一花一世界，一沙一天堂」的境界。採倒敘的筆法，先說看到小野花的情景，再說出自己只是路過，由此激盪出哲思。在第一段，我們先領略了野花的美，為大自然的奇蹟喝采。小野花玲瓏有致，輕含著閃亮的露珠，「像是慕光明的花蛾」，是志摩賦予她的內在的思想。因此，這朵花才引發志摩的思忖：「人生與鮮露？」意謂人生是否也像朝露一樣短暫，朝陽一照，便會消失得無影無蹤？

在那山道旁

在那山道旁，一天霧濛濛的朝上，
初生的小藍花在草叢裡窺覷，
我送別她歸去，與她在此分離，
在青草裡飄拂，她的潔白的裙衣。

我不曾開言，她亦不曾告辭，
駐足在山道旁，我黯黯的尋思；
「吐露你的祕密，這不是最好時機？」
露湛❶的小草花，彷彿惱我的遲疑。

為什麼遲疑，這是最後的時機，
在這山道旁，在這霧茫在朝上？
收集了勇氣，向著她我旋轉身去：
但是啊！為什麼她這滿眼悽惶❷？

我咽住了我的話，低下了我的頭：
火灼與冰激在我的心胸間迴盪，
啊，我認識了我的命運，她的憂愁，
在這濃霧裡，在這淒清的道旁！

在那天朝上，在霧茫茫的山道旁，
新生的小藍花在草叢裡睥睨，
我目送她遠去，與她從此分離
在青草間飄拂她那潔白的裙衣！

注釋

❶露湛　沾著露水。
❷悽惶　悽涼徬徨。

賞析

這是一首離別的詩，小藍花成為「我」和「她」離別的見證人。小藍花生長在山道旁，默默的看著「我」和「她」道別，像個好朋友，陪伴著孤單的「我」；又像是個知己，了解「我」心底的祕密；更有著正直的個性，質疑「我」為什麼不趁此機會吐露祕密。小藍花的眼神從「窺覷」到「睥睨」，其實正反映「我」對自己的譴責，怪自己有勇氣轉身離去，卻沒勇氣告白。

「我」對割捨這段感情充滿了矛盾，因為看到她滿眼的悽惶。「火灼」與「冰激」兩股相反的力道在胸中激盪，告別或告白，都是痛苦不堪。也許就像志摩自己說的：「得之，我幸。不得，我命」，因此只好在濃霧中目送伊人遠去。「她」是誰，已無法稽考，也許是林徽音吧。那青草間飄拂的潔白裙衣，永遠留存在志摩的心中。

雪花的快樂

假如我是一朵雪花，
翩翩的在半空裡瀟灑，
我一定認清我的方向——
飛颺，飛颺，飛颺，
這地面上有我的方向。

不去那冷寞的幽谷，
不去那淒清的山麓，
也不上荒街去惆悵——
飛颺，飛颺，飛颺，

你看，我有我的方向！

在半空裡娟娟的飛舞，
認明了那清幽的住處，
等著她來花園裡探望——
飛颺，飛颺，飛颺，
啊，她身上有硃砂梅的清香！

那時我憑藉我的身輕，
盈盈的，沾住了她的衣襟，
貼近她柔波似的心胸——
消溶，消溶，消溶，
溶入了她柔波似的心胸！

賞析

這是一首快樂而甜蜜的情詩。從寫作的時間（一九二四年十二月三十日）來看，應是志摩結識陸小曼不久後所寫。離婚之後，追求林徽音的夢想又已破滅，備受感情挫折的志摩，此時彷彿重新啟動戀愛的心情，因而本篇充滿飛颺的氣氛，雪花不再是冰冷的意象，反而輕快飄飛，成為純情至美的象徵。

本詩一共四段，形式整齊，音韻鏗鏘有調，一再重複的「飛颺」，形成全篇輕快靈巧的節奏感。隨著這朵雪花的飛颺到消溶，整首詩的時間軸也很有秩序感，如同情人歷經尋尋覓覓，終於來到那人身旁，兩情相悅，終成眷屬。

更可注意的是，這朵雪花本在半空裡飄舞，飛過了幽谷、空山和荒街，但都不是它要去的方向；它打定主意，要飄向那人的花園裡，等她出現，然後再沾上她的衣襟，溶入她的胸膛。雖可能歷經萬里空闊，但由於意志堅定執著，最後終於如願以償，表現的是自由瀟灑的姿態，而不是痛苦難當。這首詩，很能代表志摩浪漫的精神。

這是一個懦怯的世界

這是一個懦怯的世界：
　容不得戀愛，容不得戀愛！
披散你的滿頭髮，
赤露你的一雙腳；
　跟著我來，我的戀愛，
拋棄這個世界
殉我們的戀愛！

我拉著你的手，
愛，你跟著我走；

聽憑荊棘把我們的腳心刺透，
聽憑冰雹劈破我們的頭，
你跟著我走，
我拉著你的手，
逃出了牢籠，恢復我們的自由！

跟著我來，
我的戀愛！
人間已經掉落在我們的後背，
看呀，這不是白茫茫的大海？
白茫茫的大海，
白茫茫的大海，
無邊的自由，我與你與戀愛！

順著我的指頭看，

那天邊一小星的藍——
　那是一座島，島上有青草，
鮮花，美麗的走獸與飛鳥：
快上這輕快的小艇，
去到那理想的天庭——
　戀愛，歡欣，自由——辭別了人間，永遠！

賞　析

　　這是一首代表戀愛中人向全世界抗議的詩。「懦怯」一詞指出這是個保守頑固的世界，有一定的禮法規則和價值觀，是那麼的牢不可破，使得戀愛中的情侶宛如被關在監牢裡，不能衝破藩籬，達成他們長相廝守的願望。雖然是對黑暗面的控訴，但志摩的重點不在於揭穿各種不合理的現象，反而是著重在鼓動反抗的意識，用行動來爭取自由。

　　但是這必須下定決心，而且勇敢地挑戰世俗，才可能到達愛情的理想國。因此，我們看到志摩寫著：披散你的頭髮、赤露你的雙腳，任荊棘把我們的腳心刺透，冰霄把我們的頭劈破，要有這種「殉」道的精神，才可能逃離世俗的束縛。試問：這需要多麼大的勇氣與毅力啊！這首詩的感情與用字都相當激越明朗，充分顯現志摩熱情執著的性格。

本詩的最後一段描繪了一個愛的理想天地：那是個有青草鮮花與美麗的飛禽走獸的島，而且是完全的自由，可以享受戀愛歡欣的地方。最後的倒裝句「辭別了人間，永遠！」更表露堅定而興奮的心情。有人說，戀愛中的人眼中只有彼此，則為了共同的幸福與自由，應該也會有赴湯蹈火的意志，跟隨志摩揚起的旗幟，奔向一個世外桃源吧！

這首詩的寫作年代有兩種說法，一個是一九二三年，一個是一九二五年。這裡依〈年表〉放在一九二五年。若是前者，不免讓人猜測是為林徽音而寫；若是後者，則可能和陸小曼有關。但不管為誰而寫，這首詩也印證了志摩對愛、美與自由的嚮往。

戀愛到底是什麼一回事

戀愛他到底是什麼一回事？
他來的時候我還不曾出世；
太陽為我照上了二十幾個年頭，
我只是個孩子，認不識半點愁；
忽然有一天——我又愛又恨那一天——
我心坎裡癢齊齊❶的有些不連牽，
那是我這輩子第一次的上當，
有人說是受傷——你摸摸我的胸膛——
他來的時候我還不曾出世，
戀愛他到底是什麼一回事？

這來我變了，一隻沒籠頭的馬❷，
跑遍了荒涼的人生的曠野；
又像是那古時間獻璞玉的楚人，
手指著心窩，說這裡面有真有真，
你不信時一刀拉破我的心頭肉，
看那血淋淋的一掬是玉不是玉；
血！那無情的宰割，我的靈魂！
是誰逼迫我發最後的疑問？

疑問！這回我自己幸喜我的夢醒，
上帝，我沒有病，再不來對你呻吟！
我再不想成仙，蓬萊❸不是我的分；
我只要這地面，情願安分的做人——
從此再不問戀愛是什麼一回事，

反正他來的時候我還不曾出世！

注釋

❶ 癢齊齊　很癢的意思。齊齊，語助詞。這句話是說戀愛讓「我」有心癢癢的感覺，但又說不清楚，不知道是怎麼一回事。
❷ 沒籠頭的馬　沒有套上嘴套的馬，比喻有如脫韁的野馬，到處奔跑。
❸ 蓬萊　傳說中的仙島。

賞析

這首詩把「戀愛」擬人化，對「戀愛」提出抗議，怨他帶來莫名的傷痛。用語淺白直率，理直氣壯得可愛！

在第一段中，「我又愛又恨那一天」、「心坎裡癢齊齊的」、「那是我這輩子第一次的上當」，都是指自己墜入情網，又被愛情所傷的情形。

第二段形容得更慘烈，人一旦談起戀愛，就會瘋狂得像脫韁的野馬，到處奔跑，卻一無所獲；或者像古代獻玉的楚人，擁有稀世珍寶，卻無人賞識。那純真的「心」

和「靈魂」，就是戀愛中人的最大寶物——但是知音難覓，有時掏心掏肺也換不回一絲真情。

最後，詩中的「我」決定不再對上帝呻吟，也不再過問戀愛的事，「反正他來的時候我還不曾出世！」這表示，「我」根本不了解「戀愛」是什麼，「我」和他一點兒瓜葛也沒有；「我」只上一次當，再也不聽信「戀愛」的謊言誑語，從此安安分分地做個老實人，不再奢求那些風花雪月的浪漫感情。

讀起來，還真像一個小孩賭氣地說：「我發誓，我決不再和××講話！」

這就是真性情的志摩。

海韻

1

「女郎，單身的女郎，
你為什麼留戀
這黃昏的海邊？
女郎，回家吧，女郎！」
「啊不；回家我不回，
我愛這晚風吹：」
在沙灘上，在暮靄裡，
有一個散髮的女郎——

徘徊，徘徊。

2

「女郎，散髮的女郎，
你為什麼徬徨
在這冷清的海上？
女郎，回家吧，女郎！」
「啊不；你聽我唱歌，
大海，我唱，你來和：」
在星光下，在涼風裡，
輕盪著少女的清音——
高吟，低哦。

3

「女郎，膽大的女郎！

那天邊扯起了黑幕，
這頃刻間有惡風波，
女郎，回家吧，女郎！」
「啊不；你看我淩空舞，
學一個海鷗沒海波：」
在夜色裡，在沙灘上，
急旋著一個苗條的身影——
婆娑，婆娑。

4

「聽呀，那大海的震怒，
女郎，回家吧，女郎！
看呀，那猛獸似的海波，
女郎，回家吧，女郎！」
「啊不；海波他不來吞我，

我愛這大海的顛簸！」
在潮聲裡，在波光裡，
　啊，一個慌張的少女在海沫裡，
　　蹉跎，蹉跎。

5

「女郎，在那裡，女郎？
在那裡，你嘹喨的歌聲？
在那裡，你窈窕的身影？
在那裡，啊，勇敢的女郎？」
黑夜吞沒了星輝，
　這海邊再沒有光芒；
海潮吞沒了沙灘，
　沙灘上再不見女郎——
　　再不見女郎！

賞析

這首詩可以看作是敘事詩，記一個在海邊徘徊的女郎，她不聽旁人的勸阻，終於被海浪吞噬，留給旁人無限的感慨。這在現實社會裡不乏其例，也許志摩是截取其中的一些傳聞，然後加以詩意的描寫，在和諧的韻律中，為女郎留下楚楚可憐的倩影。而最後兩句「沙灘上再不見女郎」，也留給我們想像的空間，彷彿她是個神祕女郎，沒有人知道她的去向。

但若把它視為充滿象徵意義的作品，應該更能看到志摩的用心。這個女郎，形單影隻，她不想回家，她愛的是代表自由的晚風，她要敞開心胸和大海一起歌唱。她也不怕狂濤巨浪的兇惡，她嚮往海鷗舞於海波，她更愛海的顛簸。這個勇敢的女郎，她熱愛自由、抵抗強權的精神，不正是志摩內心的寫照嗎？只是，畢竟是勢單力薄，夜黑浪高，沙灘上再不見女郎——女郎不一定葬身海底，也許是走向天涯海角，總之，必然是傷心失望，放棄了她所追求的理想。志摩的人生，不也充滿種種對世俗的挑戰？因此詩中對女郎的呼喚，就是他對自己的呼喚，希望從灰心失意中，喚回昔日活潑豪放的身影。

我來揚子江[1]邊買一把蓮蓬[2]

我來揚子江邊買一把蓮蓬；
手剝一層層蓮衣，
看江鷗在眼前飛，
忍含著一眼悲淚——
我想著你，我想著你，啊小龍！

我嘗一嘗蓮瓤，回味曾經的溫存：
那階前不捲的重簾，
掩護著同心的歡戀，
我又聽著你的盟言，

「永遠是你的，我的身體，我的靈魂。」

我嘗一嘗蓮心，我的心比蓮心苦；
我長夜裡怔忡❸，
掙不開的惡夢，
誰知我的苦痛？
你害了我，愛，這日子叫我如何過？

但我不能責你負，我不忍猜你變，
我心腸只是一片柔：
你是我的！我依舊
將你緊緊的抱摟——
除非是天翻——但誰能想像那一天？

注釋

❶揚子江　即長江。發源於青海省西南境巴顏喀拉山，流入西康、雲南、四川等境內，各段都有不同名稱。至四川宜賓縣與岷江會合，水流加大，始稱長江。其下流經湖北、湖南、江西、安徽、江蘇等省區，在上海出吳淞口，東入海。全長約五千八百餘公里，為中國第一大河，也是亞洲第四大河。沿岸風景秀麗，尤其中下游地區，民生富庶，是中國的精華區。

❷蓮蓬　蓮的花托上部延長而成倒圓錐形，有二三十小孔，每孔生一雌蕊，所結果實（蓮子），即藏於此，各孔分隔如房，故名蓮房，又名蓮蓬。

❸怔忡　驚恐。

賞析

本詩最初見於一九二五年九月九日《志摩日記・愛眉小札》，是寫給陸小曼的情詩。「小龍」是志摩對陸小曼的暱稱。

在古典詩詞中，蓮的意象，一向和愛情有密切關聯。蓮的諧音是憐，「蓮子」也就是「憐子」，有憐惜的意思。而蓮子若未去心，就有苦味，因此蓮心為苦，也代表為愛所苦的意思。志摩的這首詩，或多或少都沿用了這些意義，譬如第一段買蓮蓬，帶出「我想著你」；第三段嘗一嘗蓮心，「我的心比蓮心苦」，都相當符合。

這首詩詞意淺顯，代表兩人分離時的苦痛，也間接透露兩人的誓言，直到世界末日，都不可能改變。由此詩可感覺志摩的確是深愛著陸小曼。

起造一座牆

你我千萬不可褻瀆❶那一個字，
別忘了在上帝跟前起的誓。
我不僅要你最柔軟的柔情，
蕉衣似的❷永遠裹著我的心；
我要你的愛有純鋼似的強，
在這流動的生裡起造一座牆；
任憑秋風吹盡滿園的黃葉，
任憑白蟻蛀爛千年的畫壁；
就使有一天霹靂震翻了宇宙，
也震不翻你我「愛牆」內的自由！

注釋

❶褻瀆　輕慢。這裡是說態度隨便，侮辱了「愛」的神聖性。
❷蕉衣似的　像香蕉柔軟的外皮，完整嚴密包覆著果肉。

賞析

志摩對愛情的態度是勇往直前，毫無畏懼的。他更強調「自由」的精神，認為追求愛情是一種權利，自由自主的權利，彷彿天賦的人權。因此志摩對愛情，就不只是感性的衝動與迷醉，另外也有極濃厚的理性思考；在他眼中，愛情是神聖的，也是正義的。

用上述的觀念解讀這首詩，就不難了解為什麼語氣是如此溫柔而堅決。全篇從你我共同的誓言寫起，不可褻瀆的正是神聖的「愛」字。而詩中的「我」不僅要求對方要有「最柔軟的柔情」，也希望「你的愛有純鋼似的強」，這股柔韌不絕的意志，就是要用來砌一道「愛牆」，對抗下文的一些考驗：秋風吹落葉，白蟻蛀蝕古畫，霹靂震翻宇宙；這些譬喻代表人為或自然的破壞，好比人事或命運對愛情的脅迫，但志摩堅信，只要有「愛」，就有無窮的勇氣，可以奮鬥到底。末句「愛牆」內的自由，正是追求愛情的自由，只要是出於自我的選擇，人人都可悍衛他心中神聖的愛情。

就志摩而言，這首詩的對象當然是陸小曼，他不斷鼓勵陸小曼追求自我的愛情，也一再用溫柔的呵護、旺盛的信念以及具體的行動，牽著陸小曼的手勇往直前，一齊打造他們的「愛牆」，和一座愛的家園。

偶然

我是天空裡的一片雲，
偶爾投影在你的波心——
　你不必訝異，
　更無須歡喜——
在轉瞬間消滅了蹤影。

你我相逢在黑夜的海上，
你有你的，我有我的　方向；
　你記得也好，
最好你忘掉，

在這交會時互放的光亮！

賞析

這首〈偶然〉堪稱經典之作，廣受讀者喜愛，也被編曲演唱，成為臺灣校園民歌的名曲之一。

「偶然」是個抽象的時間詞彙，但志摩卻用兩個事例說明。一是具體的譬喻，描述雲朵與水面的交會；一是抽象的象徵，把人生的黑暗時期比喻為黑夜的海上，而兩人相會於此際；這兩種交會，都是「偶然」的局面，就像街道上兩人擦肩而過，或者一場短暫的宴會，相聚之後就各奔西東。但志摩所用的兩例，更有意象上的美感：天空的雲是流動的，水面的波紋也是流動的，這兩個意象本身就充滿了動態的美。其次，兩人在人生黑夜的海上相逢，心境可能是困苦的，但也因此為對方放出光亮，照亮彼此，這「互放的光亮」的意象，在黑夜的背景下，更顯得美麗動人。

透過這兩個事例，志摩更巧妙地把握了「偶然」的意義。雲影投映在水面，是多麼偶然的機會，也許下一秒鐘就風吹雲散，波心的倒影也跟著破碎，瞬間消失得無影無蹤，這種情景，怎不令人感到遺憾？在茫茫人海中相逢，機率微乎其微，而且各有各的航程，不可能為誰停留，相逢就註定相別，是多麼的無奈。但這些機緣都是肇始於「偶然」，也結束於「偶然」，沒有人可以預知命運的軌跡。

面對這樣的局面，志摩的態度是瀟灑的。他勸人不必訝異、無須歡喜，記得也好、最好忘掉，看似無情，其實是因為他對「偶然」的徹底了解，因此勸人不必強求，一切順其自然。

然而，不管是記得還是忘掉，最重要的是「在這交會時互放的光亮」——如果人與人的交會，無論是愛情還是友情，都能夠展現優點，互相激勵欣賞，使雙方都能放出生命的光亮，那麼就算是「偶然」的相聚，也會留給彼此無限的懷念。

丁當❶——清新

簷前的秋雨在說什麼？
它說摔了她，憂鬱什麼？
我手拏❷起案上的鏡框，
在地平上摔一個丁當。

簷前的秋雨又在說什麼？
「還有你心裡那個留著做什麼？」
驀地❸裡又聽見一聲清新——
這回摔破的是我自己的心！

注釋

❶丁當　叮噹，鏡框摔在地上的聲音。
❷拏　拿。
❸驀地　突然。

賞析

這首小詩有如一幕精采簡潔的獨幕劇，主角走到簷前，仔細聆聽秋雨說些什麼。然後他拿起了桌上的鏡框，「丁當」一聲，摔個粉碎。他以為已經做好一件事，了卻一樁煩惱，卻又聽到雨聲在叨念著什麼。他聽著，心中陡然一驚，突然又是一聲清新的「丁當」，這回，摔破的是他自己的心。

這裡的主角一定是為情所苦，連秋風秋雨都惹他心煩。他可能想，也罷，聽聽雨聲在說些什麼。沒想到，雨還真的猜中他的心事，讓他把裝著愛人或兩人合照的相框摔破。但這並不能把他心中的影子摘除，於是他只好狠下心來，摔碎心中的影子，但也同時摔碎了自己的心！

半夜深巷琵琶

又被它從睡夢中驚醒，深夜裡的琵琶！
　是誰的悲思，
　是誰的手指，
像一陣淒風，像一陣慘雨，像一陣落花，
　在這夜深深時，
　在這睡昏昏時，
挑動著緊促的絃索❶，亂彈著宮商角徵❷，
　和著這深夜，荒街，
　柳梢頭有殘月掛，
啊，半輪的殘月，像是破碎的希望他，他

頭戴一頂開花帽，
身上帶著鐵鏈條，
在光陰的道上瘋了似的跳，瘋了似的笑，
完了，他說，吹糊你的燈，
她在墳墓的那一邊等，
等你去親吻，等你去親吻，等你去親吻！

注　釋

❶ 絃索　琵琶上的絲絃。
❷ 宮商角徵　中國音樂的曲調名。

賞　析

這首詩一開頭就引人注目：「又被它從睡夢中驚醒」，「又」字表示這不是第一次了，但仍然如此悽厲哀婉，使人不得不驚醒，仔細傾聽這深夜裡幽怨的琵琶聲，到底是誰在哀嘆，哀嘆些什麼。

在這首詩中，志摩用淒風、慘雨、落花形容琵琶怨婉的聲音，又用深夜、荒街、殘月來烘托荒涼的氣氛，搭配長短有致的句型，的確很能傳達琵琶聲「嘈嘈切切錯雜彈，大珠小珠落玉盤」的曲調旋律。

在這動人的曲調中，詩人抬頭望著天邊殘月，聯想到的是「破碎的希望」，他心中的哀戚不知有多麼沉重。這裡，「破碎的希望他」句中的「破碎的希望」和「他」是同位語，也就是把「破碎的希望」擬人化，用代名詞的「他」來指稱，這分希望歷經世俗的限制、光陰的折磨，已經是殘破不堪，沒有希望了，所以最後才寫著「他」像瘋子似的笑、跳，而且告訴「你」（詩人）：「她在墳墓的那一邊等」，墳墓代表死亡，表示「你」和「她」的事已經結束了，沒有未來可言。

不知是誰彈奏這半夜的琵琶聲，但那哀怨的旋律，卻勾起詩人的傷心事。他的希望已破碎，知道自己和「她」的愛情已無願景，只有琵琶聲陪伴他孤獨的靈魂。

這首詩的情境深沉淒冷，不禁讓人猜想：「她」會不會是死神的化身？從這角度看，整首詩就好像一支安魂曲，引導那破碎的靈魂走向死神，也使我們思考死亡的意義。

珊瑚

你再不用想我說話，
　我的心早沉在海水底下；
你再不用向我叫喚：
　因為我——我再不能回答！

除非你——除非你也來在
　這珊瑚骨環繞的又一世界：
等海風定時的一刻清靜，
　你我來交互你我的幽歎。

賞　析

海底的珊瑚世界是個寧靜的世界，適合傷心人獨自療傷，也適合傷心人互相安慰。這首〈珊瑚〉描寫的就是這樣的境界。開頭重複兩次「你再不用」，代表詩中的「我」心意已決，對這段戀情、這個現實世界不再眷戀逗留。但第二段開頭的「除非你」句，又留下一個小缺口，表示只要你願意跟隨我，我們就可以坐下來好好談心。這個「你」，可以是使「我」傷心的對方，也可以是一旁關心的朋友——願意進入珊瑚世界是必要的條件，因為只有遠離塵世，彼此的心靈才能匯通。

短短的兩段八行，文字精巧玲瓏，情感晶瑩剔透，是一首唯美的小詩。

大帥

見日報，前敵戰士，隨死隨掩；間有未死者，即被活埋。

「大帥有命令以後打死了的屍體
再不用往回挪（叫人看了挫氣，）
就在前邊兒挖一個大坑，
拏癟了的弟兄們往裡擲，
擲滿了給平上土，
給它一個大糊塗，
也不用給做記認，
管他是姓賈姓曾！

也好，省得他們家裡人見了傷心：
　娘抱著個爛了的頭，
　弟弟提溜著一隻手，
新娶的媳婦到手個膿包的腰身！」

「我說這坑死人也不是沒有味兒，
有那西曬的太陽做我們的伴兒，
　瞧我這一抄，抄住了老丙，
他大前天還跟我喫❶烙餅❷，
　叫了壺大白乾❸，
　咱們倆隨便談，
　你知道他那神氣，
　一隻眼老是這擠：
誰想他來不到三天就做了炮灰❹，
　老丙他打仗倒是勇，

你瞧他身上的窟窿！
去你的，老丙，咱們來就是當死胚！」
「天快黑了，怎麼好，還有這一大堆？
聽炮聲，這半天又該是我們的毀！
麻俐點兒❺，我說你瞧，三哥，
那黑刺刺的可不又是一個！
嘿，三哥，有沒有死的，
還開著眼流著淚哩！
我說三哥這怎麼來，
總不能拏人活著埋！」
「吁，老五，別言語，聽大帥的話沒有錯：
見個兒就給鏾❻，
見個兒就給埋。

躲開，瞧我的；歐，去你的，誰跟你囉唆！」

注釋

❶喫　吃。
❷烙餅　北方食物，用麵粉加水揉成麵皮，然後在鍋子裡烙熟。
❸大白乾　酒名。
❹炮灰　被炮彈炸死，粉身碎骨。
❺麻俐點兒　動作靈活、俐落。
❻钁　挖。钁，鐵製的掘土器。

賞析

這首〈大帥〉，一般人很少注意到，也許它和志摩一貫的風格太不相同了。但這首詩不僅主題具有深刻意義，寫作技巧上也有獨到之處。

根據詩前的小序，我們知道這是志摩看到報紙上的一則新聞有感而發。當時政治局勢不穩定，軍閥割據的局面下，民不聊生，從軍作戰者，命運尤其乖舛，因此才會有死屍遍野，隨死隨埋，連未死者都被活埋的事情發生。面對這樣的題材，任何人都會以悲天憫人的胸懷看待這些無辜犧牲的戰士，而且也會想譴責主謀者的大帥。但怎樣的寫法才能兼顧主題意義與藝術形式呢？為了避免流於空洞的指責或教條式的訓斥，志摩採用戲劇手法，設計了兩個負責掩埋屍首的小兵——三哥與老五，透過他們的對話，使我們看到戰場上的慘狀，然後以大帥說的「活埋」的命令作結，讓人看了自然產生悲憫與痛恨的心理。真是高明的手法。

本詩總共四段，也就是四段臺詞，由老五和三哥分別擔任。一開始，這兩個人還能開開玩笑，彷彿看慣了戰場上的屍橫遍野，也就讓這些犧牲者入土為安吧。到了第三段，已經清理老半天了，怎麼沒完沒了似的，於是老五不禁抱怨起來。但他發現還有受傷未死、還開著眼睛流著淚的，他著實不忍把這活人埋了。但接著第四段三哥的臺詞，為了遵從大帥的命令，三哥心一橫，叫老五別囉唆，埋了就對了！相信讀者讀到這裡，都會覺得好狠啊，好可憐啊！但這也不能怪那個叫三哥的小兵，他也只是奉命行事，要怪就要怪那狠心無人性的大帥！

殘破

1

深深的在深夜裡坐著：
當窗有一團不圓的光亮，
風挾著灰土，在大街上
小巷裡奔跑：
我要在枯禿的筆尖上裊出❶
一種殘破的殘破的音調，
為要抒寫我的殘破的思潮。

2

深深的在深夜裡坐著：
生尖角的夜涼在窗縫裡
　妒忌屋內殘餘的暖氣，
　　也不饒恕我的肢體：
但我要用我半乾的墨水描成
一些殘破的殘破的花樣，
因為殘破，殘破是我的思想。

3

深深的在深夜裡坐著，
左右是一些醜怪的鬼影：
　焦枯的落魄的樹木
　　在冰的沉沉河沿叫喊，

　比著絕望的姿勢，
正如我要在殘破的意識裡
重興起一箇殘破的天地。

4

深深的在深夜裡坐著，
閉上眼回望到過去的雲煙：
啊，她還是一枝冷豔的白蓮，
　斜靠著曉風，萬種的玲瓏；
但我不是陽光，也不是露水，
我有的只是些殘破的呼吸，
　如同封鎖在壁椽間的群鼠，
追逐著，追求著黑暗與虛無！

注釋

❶梟出　寫出、畫下的意思。梟，飄揚的樣子。

賞析

這首詩以「殘破」為題，抒發志摩心中一股悲怨之氣，有著凋殘的美感。每段開頭都是「深深的在深夜裡坐著」，引發我們一同墜入那深沉的夜晚和深沉又悲涼的氣氛。然後我們看到一連串以「殘破的」來形容的詞彙：殘破的音調、殘破的思潮、殘破的花樣、殘破的思想、殘破的意識、殘破的天地，這些詞彙的意義類似，都代表志摩努力和外界抗爭，不屈不撓的精神：不管外面是狂風怒吼還是冰天雪地，不管是只剩下半枯的筆和半乾的墨水，他也要堅持寫下他的思想，建立起屬於自己的理想世界；儘管那只是一方「殘破的天地」。到這裡為止，這都是我們所認識的志摩，永遠充滿勇氣和鬥志，為心中的理想奮鬥。

到結尾的第四段，「白蓮」象徵心中的理想，可能是指愛情或其他人生志向，但志摩感覺自己已不能再為「她」（白蓮）做什麼。白蓮需要陽光和露水的照顧，而志摩只剩下「殘破的呼吸」，像群鼠在壁縫樑木間追逐奔竄。這裡，志摩把殘破的呼吸聲比喻成老鼠的追逐聲，十分生動，但鼠和蓮的對比，簡直是狼狽不堪。而且這群鼠輩追求的竟是黑暗與虛無，實在是一點指望也沒有了。這首詩讓我們看到志摩失意挫折的心情。

我不知道風是在那一個方向吹

我不知道風
是在那一個方向吹——
我是在夢中，
在夢的輕波裡依洄。

我不知道風
是在那一個方向吹——
我是在夢中，
她的溫存，我的迷醉。

我不知道風
是在那一個方向吹——
我是在夢中，
甜美是夢裡的光輝。

我不知道風
是在那一個方向吹
我是在夢中，
她的負心，我的傷悲。

我不知道風
是在那一個方向吹
我是在夢中，
在夢的悲哀裡心碎！

我不知道風
是在那一個方向吹——
我是在夢中，
黯淡是夢裡的光輝。

賞析

如果票選志摩最受歡迎的作品，這首詩一定名列前茅。採隔句押韻的形式（風、中押韻；吹和洄、醉、悲等字押韻），非常有韻律感。六段整齊的句型，有變化的只是每段最後一句，其中又有重沓的情形。說的只是夢碎心碎的感覺，但旋律輕柔優美，讓讀者不禁陶醉在夢一般朦朧的氣氛中。也許就是這一種淡淡的哀愁吸引了大家的目光。

如果仔細分辨，也可以發現這六段的情感強度是有變化的。第一、二段，呈現一種沉迷夢中的情緒，捕捉到的是「她的溫存，我的迷醉」，因此第三段的小結語是：「甜美是夢裡的光輝」。但越過前半部的甜美歡愉氣氛，第四段接著轉出「她的負心，我的傷悲」，感情的基調變色，所以後來就是悲哀、心碎的感覺，而有結語說：「黯淡是夢裡的光輝」，形成低調的氛圍。

尚可注意的是因為開頭幾段的「我是在夢中」句，已經暗示這段感情早已成空，只能在夢中回味，因此第四段揭穿「她的負心，我的傷悲」並不會感到太突兀，反而有一種「好夢由來最易醒」的效果，讓人了解真相。但痴情的人又豈甘心就此走出愛情的迷夢？他寧可繼續在夢裡傷悲心碎，也要躲在那黯淡的光輝下回味往事。這就是這首詩迷人的地方吧。

在不知名的道旁

什麼無名的苦痛，悲悼的新鮮，
什麼壓迫什麼冤曲，什麼燒燙
你體膚的傷，婦人，使你蒙著臉
在這昏夜，在這不知名的道旁，
任憑過往人停步，訝異的看你，
你祇是不作聲，黑綿綿的坐地？

還有蹲在你身旁悚動❶的一堆，
一雙小黑眼閃盪著異樣的光，
像暗雲天偶露的星晞❷，她是誰？

疑懼在她臉上，可憐的小羔羊，
她怎知道人生的嚴重，夜的黑，
她怎能明白運命的無情，慘刻？

聚了，又散了，過往人們的訝異。
剎那的同情也許；但他們不能
為你停留，婦人，你與你的兒女；
伴著你的孤單，祇昏夜的陰沉，
與黑暗裡的螢光，飛來你身旁，
來照亮那小黑眼閃盪的星芒！

注釋

❶悚動　騷動。
❷星睎　星光。睎，光芒始露的樣子。

賞析

一九二八年六月，志摩出國到日本、英國、美國、法國、印度等地旅遊。他在十月初到印度，透過泰戈爾的安排，在當地演講、旅遊三個星期。這首詩應是遊旅印度時所作。

全篇分為三段，以路旁的印度婦人為對象，第一段描寫婦人的神情，第二段描寫她身旁的小兒女，第三段總合觀照他們的命運。

第一、二段都以疑問的口吻，問婦人的身世與遭遇，透過一連串的問話，勾勒出婦人孤苦可憐的形象；在孩子群中，志摩又特地以「一雙小黑眼閃盪著異樣的光」當作焦點，為孩童刻畫了天真又無辜的小羔羊形象。

第三段，說出了對他們的觀感。志摩對他們是同情的，因為他明白這婦人帶著兒女在路邊乞討，但人們對他們只有「剎那的同情」；就算是志摩本人也愛莫能助。所以黑夜中，只有螢火相伴，和那小女孩的小黑眼珠互相輝映。

在現實生活中，詩人不能幫助婦人，但他把她寫入作品中，卻能激發我們悲憫的情懷，對這炎涼人世也具有不小的貢獻。

再別康橋

輕輕的我走了，
　正如我輕輕的來；
我輕輕的招手，
　作別西天的雲彩。

那河畔的金柳，
　是夕陽中的新娘；
波光裡的豔影❶，
　在我的心頭蕩漾。

軟泥上的青荇❷，
　油油的在水底招搖；
在康河的柔波裡，
　我甘心做一條水草！

那榆蔭下的一潭❸，
　不是清泉，是天上虹
揉碎在浮藻間，
　沉澱著彩虹似的夢。

尋夢？撐一支長篙，
　向青草更青處漫溯，
滿載一船星輝，
　在星輝斑斕❹裡放歌。

但我不能放歌，
悄悄是別離的笙簫❺；
夏蟲也為我沉默
沉默是今晚的康橋！

悄悄的我走了，
正如我悄悄的來；
我揮一揮衣袖，
不帶走一片雲彩。

十一月六日中國海上

注釋

❶豔影　指柳樹在水中的倒影，因為也有夕陽餘暉的襯托，十分豔麗。

❷荇　水草。

❸潭　指康河上游的拜倫潭，風景優雅，是志摩經常流連忘返的地方。

❹斑斕　花紋、色彩美麗。這裡是形容星光燦爛。

❺笙簫　笙、簫都是中國吹奏樂器，音色優美。這裡是說別離像一首安靜無聲的曲調。

賞　析

〈再別康橋〉寫於一九二八年十一月六日，是志摩重訪英倫，二度到康橋，歸國途中所寫。

康橋對志摩意義重大，前一次離英返國，他是充滿希望的，以為自己必然會舊地重遊。但這次的造訪，志摩卻是心事重重，離情依依。他甚至說出「揮一揮衣袖，不帶走一片雲彩」這樣瀟灑的話，彷彿預言自己不會再光臨此地——他曾說的，精神依戀之鄉、生命的源泉。

我們試著考察一下此詩的背景，或許可以了解志摩此時的心態。

一九二八年六月，志摩出國旅遊，先到紐約，八月才到英國。這距離他一九二二年離開康橋，已有六年之久。在這六年之中，他離婚又再婚，情海波濤不斷。而和陸小曼的婚姻，起先甘甜如蜜，後來也屢生齟齬，兩人的生活並不盡如人意。因此這時的志摩，內心已經不像當年出國留學時的天真快樂，看事情的態度也可能和年少時不同。其次，當年在康橋，畢竟有林徽音相伴，兩人的愛情也還有希望，因此心情上仍然保持愉快，以為一切將會撥雲見月。但歷經這些年的波折，人事全非，再回到康橋，舊地重遊其實是徒增傷感，因此才感覺這次是真正和康橋道別，必須斬斷一切懸念。第三，志摩在康橋留學，接受民主自由的薰陶，他對政治的理想也奠基於此。但這幾年來，國內政局紛擾，眼看民主在中國的前途渺茫，志摩心裡是很失望的。所以當他再來到對他有民主啟蒙之功的康橋，內心真是百感交集。在種種因素揉合下，志摩再訪康橋與再別康橋，與昔日的康橋記憶，都不可同日而語。人世是多變的，也是複雜的，誰又能保證一直保持最初的心情？

但〈再別康橋〉的風評一向勝過〈康橋再會罷〉，原因無他，因為志摩把背後複雜的情感，通通整合在一種風流瀟灑的情調中，並且以整齊的句法、流暢的節奏、悠揚的韻律以及華美的詞藻，烘托了這分情感。

從時空結構看，這首詩從傍晚寫到星夜，以溯游而上的方式，撐著康橋特有的舢舨，重溫迷人的康河風光，秩序井然，彷彿為我們展開一幅康河的卷軸圖畫，一一述說美景與心情。而在文意結構上，第一至三段的情緒是輕快的、昂揚的，直到位於中間點的第四段開始轉折，揉碎在浮藻間、彩虹似的夢等語，已經透露了往事如虹如夢，一切美好的事物都已經遁回記憶深處、夢境之中，因此往下的段落，就浮現了失落的情緒。尋夢？似乎不成，只看到滿天繁星，星光投映在船板上，更襯托一身的落寞。高歌？也不能盡情歌唱了，因為連蟲聲都靜默，天地萬物都感染了我的離別愁緒。因此開頭是「輕輕的」來與去，腳步輕快正表示心情的輕鬆愉快，但到最後一段，就變成了「悄悄的」來與去，悄然無聲也就是惆悵的心境。只是彷彿「情到濃時反為薄」的態度，志摩最後還是擺出瀟灑的手勢揮一揮衣袖，不帶走一片雲彩！

在這首詩中，志摩帶領我們欣賞康河的美景，也抒發了「離別」的情緒，「我揮一揮衣袖，不帶走一片雲彩」遂成為最經典的名句。任何人、任何時地，都可以學學志摩的瀟灑，揮別他最愛的地方。

我等候你

我等候你，
我望著戶外的昏黃
如同望著將來，
我的心震盲了我的聽。
你怎麼還不來？希望
在每一秒鐘上允許開花。
我守候著你的步履，
你的笑語，你的臉，
你的柔軟的髮絲，
守候著你的一切；

希望在每一秒鐘上
枯死——你在那裡？
我要你，要得我心裡生痛，
我要你的火燄似的笑，
要你的靈活的腰身，
你的髮上眼角的飛星；
我陷落在迷醉的氛圍中，
像一座島，
在蟒綠的海濤間，不自主的在浮沉……
喔，我迫切的想望
你的來臨，想望
那一朵神奇的優曇❶
開上時間的頂尖！
你為什麼不來，忍心的？
你明知道，我知道你知道，

你這不來於我是致命的一擊，
打死我生命中乍放的陽春，
教堅實如礦裡的鐵的黑暗，
壓迫我的思想與呼吸；
打死可憐的希冀的嫩芽，
把我，囚犯似的，交付給
妒與愁苦，生的羞慚
與絕望的慘酷。
這也許是痴。竟許是痴。
我信我確然是痴；
但我不能轉撥一支已然定向的舵，
萬方的風息都不容許我猶豫——
我不能回頭，運命驅策著我！
我也知道這多半是走向
毀滅的路；但

為了你，為了你
我什麼也都甘願；
這不僅我的熱情，
我的僅有的理性亦如此說。
痴！想磔碎❷一個生命的纖微
為要感動一箇女人的心！
想博得的，能博得的，至多是
她的一滴淚，
她的一陣心酸，
竟許一半聲漠然的冷笑；
但我也甘願，即使
我粉身的消息傳到
她的心裡如同傳給
一塊頑石，她把我看作
一隻地穴裡的鼠，一條蟲，

我還是甘願！
痴到了真，是無條件的，
上帝他也無法調回一個
痴定了的心如同一個將軍
有時調回已上死線的士兵。
枉然，一切都是枉然，
你的不來是不容否認的實在，
雖則我心裡燒著潑旺的火，
饑渴著你的一切，
你的髮，你的笑，你的手腳；
任何的痴想與祈禱
不能縮短一小寸
你我間的距離！
戶外的昏黃已然
凝聚成夜的烏黑，

樹枝上掛著冰雪，
鳥雀們典去了它們的啁啾，
沉默是這一致穿孝的宇宙。
鐘上的針不斷的比著
玄妙的手勢，像是指點，
像是同情，像是嘲諷，
每一次到點的打動，我聽來是
我自己的心的
活埋的喪鐘。

注釋

❶優曇　植物名。又作「優曇缽」，即無花果。《法華經・方便品》：「如優曇缽時一現耳。」比喻珍貴稀奇。

❷磔碎　碎裂。

賞析

這首詩有七十九行之多，細訴等候一位女子的心情，是那麼的令人心焦如焚，幾乎想死的境地，但主角心甘情願，只能說是「痴」。詩中那種為愛痴狂，既選擇了愛她，就不能回頭的衝動，和無與倫比的勇氣，都是不折不扣的志摩精神！而為了獲得對方的青睞，寧可被當作「一隻地穴裡的鼠，一條蟲」，也只有痴情如志摩者才說得出此語。

這首詩的句子按意思來看本來都很長，但志摩故意把它切成幾個跨行的短句，形成欲言又止，欲止又言的格調，好像一個人呢喃自語的獨白，讓人讀起來也跟著主角徘徊踱步，等待那女子的出現。這是本詩十分成功的地方。

有些譬喻真的是精巧動人，把等待的心理刻畫得入木三分。譬如：「我的心震盲了我的聽」，用「震盲」形容自己因為焦慮而看不清、聽不見你的腳步聲。又如：「你怎麼還不來？希望／在每一秒鐘上允許開花。」、「希望在每一秒鐘上／枯死——你在那裡？」把「希望」比喻成花朵，在每一秒鐘綻放，也在下一秒鐘枯死，等待者一會兒興奮，一會兒氣餒的情緒描寫得活靈活現的。又，「每一次到點的打動，我聽來是／我自己的心的／活埋的喪鐘」。整點的打鐘聲，代表時間又過去了一小時，但是你還沒出現，這不是為我的愛情敲起了喪鐘麼！這三個比喻，都扣緊時間的意象，和「等待」的主題相符合，真是完美的組合。

對於主角人物的痴傻，詩中直接說出「我信我確然是痴」，而對於不可扭轉的心意，志摩用兩個比喻：「但我不能轉撥一支已然定向的舵，／萬方的風息都不容許我猶豫——／我不能回頭，運命驅策著我！」；「痴到了真，是無條件的，／上帝他也無法調回一個／痴定了的心如同一個將軍／有時調回已上死線的士兵。」「已然定向的舵」和「已上死線的士兵」都有誓不回頭、視死如歸的堅強意志，充分表達了主角人物的決心。

這首詩讓我們了解：愛情令人謙卑，令人痴傻，也令人勇氣百倍，至死不悔。

《猛虎集》[1] 獻詞

那天你翩翩的在空際雲遊，
自在，輕盈，本不想停留
在天的那方或地的那角，
你的愉快是無攔阻的逍遙。

你更不經意在卑微的地面
有一流澗水，雖則你的明豔
在過路時點染了他的空靈，
使他驚醒，將你的倩影抱緊。

他抱緊的只是綿密的憂愁，
因為美不能在風光中靜止；
他要，你已飛度萬重的山頭，
去更闊大的湖海投射影子！

他在為你消瘦，那一流澗水，
在無能的盼望，盼望你飛回！

注釋

❶猛虎集　一九三一年八月，上海新月出版社出版志摩的詩集《猛虎集》，收錄新詩四十首，及譯詩數首。書前有《猛虎集》序文，透露他寫詩的心路歷程，由此文可見志摩投入創作的決心。

賞析

這是志摩的詩集《猛虎集》中的獻詞，有如詩序一般。志摩死後，陳夢家將之改題「雲遊」，和其他未輯的詩合為一集，就以《雲遊》為書名。

本詩以第二人稱「你」為主角，第三人稱「他」為客體，展開一段雲遊的旅程。詩中的「你」就是「美」與「自由」的化身，在雲影天光、溪流湖海間自在逍遙；「他」則是想要捕捉美感的詩人藝術家，也可以說是作者志摩的自我化身，「他」只能把握短暫的意象美感，加以創造書寫，但不能永遠掌握靈感的女神，所以才會「為你消瘦」，盼望美神歸來。這可以代表志摩的詩觀，也呈現了創作者的心路歷程。

可怪的是，志摩空難而死，好像應驗了這首詩的某些情況。在親友眼中，志摩果然像雲一樣飄散而去，至死也不改其愛好自由與美的天性。

你去

你去，我也走，我們在此分手；
你上那一條大路，你放心走，
你看那街燈一直亮到天邊，
你只消跟從這光明的直線！
你先走，我站在此地望著你，
放輕些腳步，別教灰土揚起，
我要認清你的遠去的身影，
直到距離使我認你不分明。
再不然我就叫響你的名字，
不斷的提醒你有我在這裡

為消解荒街與深晚的荒涼，
目送你歸去……

不，我自有主張，
你不必為我憂慮；你走大路，
我進這條小巷，你看那棵樹，
高抵著天，我走到那邊轉彎，
再過去是一片荒野的淩亂：
有深潭，有淺窪，半亮著止水，
在夜芒中像是紛披❶的眼淚；
有石塊，有鉤刺脛踝❷的蔓草，
在期待過路人疏神❸時絆倒！
但你不必焦心，我有的是膽，
凶險的途程不能使我心寒。
等你走遠了，我就大步向前，
這荒野有的是夜露的清鮮；

也不愁愁雲深裏，但須風動，
雲海裡便波湧星斗的流汞❹；
更何況永遠照徹我的心底，
有那顆不夜的明珠，我愛你！

注釋

❶紛披　散落。這裡把散落在地面上的水跡比喻為夜色中閃動的淚水。
❷脛踝　脛，小腿。踝，腳踝。
❸疏神　失神、不注意。
❹流汞　流動的意思。

賞析

這是一首送別的詩。詩中的「我」對「你」有萬般疼惜與不捨，所以他要對方先走，他要留在原地目送，看著對方走在光明安全的大路上。他說別害怕，我會在這裡喊著你的名字，像一路陪伴你一樣。他也要對方別擔心，他隨後將走進小巷子，雖然有各種險惡的路況，但他的膽量很大，更何況，在他心裡永遠有一顆夜明珠照亮著，那是對方的倩影，和彼此永遠不變的深情。

別擰我，疼

「別擰我，疼，」
你說，微鎖著眉心。

那「疼」，一個精圓的半吐，
在舌尖上溜——轉。

一雙眼也在說話，
睛光裡漾起
心泉的祕密。

夢
灑開了
輕紗的網。
「你在那裡？」
「讓我們死，」你說。

賞　析

這是一首婉轉纏綿的情詩。簡短的語言，透露雙方說不盡的愛意，兩人也許互相折磨，但心甘情願忍受這痛苦；也許恩愛逾常，情願一輩子被情網綑在一起，直到老死。「疼」字發自舌尖，是撒嬌的口吻，把女子的神情描繪得很傳神。「讓我們死，」這句話似乎未完，但一切盡在不言中，把愛情的迷醉誇大到了極點。也只有志摩可以寫出這麼甜膩又深刻，直鑽到戀人心坎兒底的情詩吧。

闊的海

闊的海空的天我不需要，
我也不想放一隻巨大的紙鳶[1]
上天去捉弄四面八方的風；
　我只要一分鐘
　我只要一點光
　我只要一條縫——
像一個小孩爬伏
在一間暗屋的窗前
望著西天邊不死的一條
縫，一點

光，一分
鐘。

注　釋

❶紙鷂　風箏。

賞　析

這首小詩表現志摩自然率真、愛好自由的本色。詩的開頭說「闊的海空的天我不需要」，因為有時候這些都只是浮面的奢求，不如下文裡一分鐘、一點光、一條縫來得實在，而且迫切需要。當一個人被囚禁在暗屋，這一分鐘、一點光、一條縫就是他最渴求的一線生機。所以，人的要求不多，最基本的只要有一點點的心靈自由，讓人的思想可以自由馳騁，掙脫世俗的束縛。

徐志摩

【散·文·卷】

我的祖母之死

一

一個單純的孩子，
過他快活的時光，
興匆匆的，活潑潑的，
何嘗識別生存與死亡？

這四行詩是英國詩人華滋華斯❶（William Wordsworth）一首有名的小詩叫做〈我們是七人〉（We Are Seven）的開端，也就是他的全詩的主意。這位愛自然，愛兒童的詩人，有一次碰著一個八歲的小女孩，髮鬈蓬鬆的可愛，他問她兄弟姊妹共有幾人，她說我們是七個，兩個在城裡，兩個在外國，還有一個姊妹一個哥哥，在她家裡附近教堂的墓園裡埋著。但她小孩的心理，卻分不清生與死的界限，她每晚攜著她的乾點心與小盤皿，到那墓園的草地裡，獨自的吃，獨自的唱，唱給她的在土堆裡眠著的兄姊聽，雖則他們靜悄悄的莫有回響，她爛漫的童心卻不曾感到生死間有不可思議的阻隔；所以任憑華翁多方的譬解，她只是睜著一雙靈動的小眼，回答說：

「可是，先生，我們還是七人。」

二

其實華翁自己的童真，也不讓那小女孩的完全：他曾經說：「在孩童時期，我不能相信我自己有一天也會得悄悄的躺在墳裡，我的骸骨會得變成塵土。」又一次他對人說：「我做孩子時最想不通的，是死的這回事將來也會得輪到我自己身上。」

孩子們天生是好奇的，他們要知道貓兒為什麼要吃耗子，小弟弟從那裡變出來的，或是究竟先有雞還是先有雞蛋；但人生最重大的變端——死的現象與實在，他們也只能含糊的看過，我們不能期望一個個小孩子們都是搔頭窮思的丹麥王子❷。

他們臨到喪故，往往跟著大人啼哭；但他只要眼淚一乾，就會到院子裡踢毽子，趕蝴蝶，就使在屋子裡長眠不醒了的是他們的親爹或親娘，大哥或小妹，我們也不能盼望悼死的悲哀可以完全翳蝕了他們稚羊小狗似的歡欣。你如其對孩子說，你媽死了，你知道不知道——他十次裡有九次只是對著你發呆；但他等到要媽叫媽，媽偏不應的時候，他的嫩頰上就會有熱淚流下。但小孩天然的一種表情，往往可以給人們最深的感動。我生平最忘不了的一次電影，就是描寫一個小孩愛戀已死母親的種種天真的情景。她在園裡看種花，園丁告訴她這花在泥裡，澆下水去，就會長大起來。那天晚上天下大雨，她睡在床上，被雨聲驚醒了，忽然想起園丁的話，她的小腦筋裡就發生了絕妙的主意。她偷偷的爬出了床，走下樓梯，到書房裡去拿下桌上供著的她死母的照片，一把揣在懷裡，也不顧傾倒著的大雨，一直走到園裡，在地上用園丁的小鋤掘鬆了泥土，把她懷裡的親媽，謹慎的取了出來，栽在泥裡，把鬆泥掩護著；她做完了工就蹲在那裡守候——一個三四歲的女孩，穿著白色的睡衣，在深夜的暴雨裡，蹲在露天的地上，專心篤意的盼望已經死去的親娘，像花草一般，從泥土裡發長出來！

三

我初次遭逢親屬的大故，是二十年前我祖父的死，那時我還不滿六歲。那是我生平第一次可怕的經驗，但我追想當時的心理，我對於死的見解也不見得比華翁的那位小姑娘高明。我記得那天夜裡，家裡人吩咐祖父病重，他們今夜不睡了，但叫我和我的姊妹先上樓睡去，回頭要我們時他們會來叫的。我們就上樓去睡了，底下就是祖父的臥房，我那時也不十分明白，只知道今夜一定有很怕的事，有火燒，強盜搶，做怕夢，一樣的可怕。我也不十分睡著，只聽得樓下的急步聲，碗碟聲，喚婢僕聲，隱隱的哭泣聲，不息的響著。過了半夜，他們上來把我從睡夢裡抱了下去，我醒過來只聽得一片的哭聲，他們已經把長條香點起來，一屋子的煙，一屋子的人，圍攏在床前，哭的哭，喊的喊，我也捱了過去，在人叢裡偷看大床裡的好祖父。忽然聽說醒了醒了，哭喊聲也歇了，我看見父親爬在床裡，把病父抱持在懷裡，祖父倚在他的身上，雙眼緊閉著，口裡銜著一塊黑色的藥物他說話了，很清的聲音，雖則我不曾聽明他說的什麼話，後來知道他經過了一陣昏暈，他又醒了過來對家人說：「你們吃嚇了，這算是小死。」他接著又說了好幾句話，隨講音隨低，呼氣隨微，去了，再不醒了，但我卻不曾親見最後的彌留，也許是我記不起，總之我那時早已跪在地板上，手裡擎著香，跟著大眾高聲的哭喊了。

四

此後我在親戚家收殮雖則看得不少，但死的實在的狀況卻不曾見過。我們念書人的幻想力是比較的豐富，但往往因為有了幻想力，就不管生命現象的實在，結果是書獃子，陸放翁❸說的「百無一用是書生」。人生的範圍是無窮的：我們少年時精力充足什麼都不怕嘗試，只愁沒有出奇的事情做，往往抱怨這宇宙太窄，青天太低，大鵬似的翅膀飛不痛快，但是……但是平心的說，且不論奇的，怪的，特別的，離奇的，我們姑且試問人生裡最基本的事實，最單純的，最普遍的，最平庸的，最近人情的經驗，我們究竟能有多少的把握，我們能有多少深徹的了解，我們是否都親身經歷過？譬如說：生產，戀愛，痛苦，悲，死，妒，恨，快樂，真疲倦，真飢餓，渴，毒燄似的渴，真的幸福，凍的刑罰，懺悔，種種的情熱。我可以說，我們平常人生觀，人類，人道，人情，真理，哲理，本能等等名詞不離口吻的念書人們，什麼文學家，什麼哲學家——關於真正人生基本的事實的實在，知道的——恐怕是極微至匙，即使不等於圓圈。我有一個朋友，他和他夫人的感情極厚，一次他夫人臨到難產，因為在外國，所以進醫院什麼都得他自己照料，最後醫生宣言只有用手術一法，但性命不能擔保，他沒有法子，只好和他半死的夫人訣別（解剖時親屬不准在旁的）。滿心毒魔似的難受，他出了醫院，走在道上，走上橋去，像得了離魂病似的，心脈春臼似的跳著，最後他聽著了教堂和緩的鐘聲，他就不自主的跟著鐘聲，進了教堂，跟著在做禮拜的跪著，禱告，懺悔，祈求，唱詩，流淚（他並不是信教的人），他這樣的捱過時刻，後來回轉醫院時，一步步都是慘酷的磨難，比上行刑場的犯人，加倍的難受，他怕見醫生與看護婦，彷彿他的運命是在他們的手掌裡握著。事後他對人說：「我這才知道了人生一點子的意味！」

五

所以不曾經歷過精神或心靈的大變的人們，只是在生命的戶外徘徊，也許偶爾猜想到幾分牆內的動靜，但總是浮的淺的，不切實的，甚至完全是隔膜的。人生也許是個空虛的幻夢，但在這幻象中，生與死，戀愛與痛苦，畢竟是陡起的奇峰，應得激動我們徬徨者的注意，在此中也許有可以感悟到一些幻裡的真，虛中的實，這浮動的水泡不曾破裂以前，也應得飽吸自由的日光，反射幾絲顏色！

我是一隻不羈的野駒，我往往縱容想像的猖狂，詭辯人生的現實；比如憑藉凹折的玻璃，覺察當前景色。但時而復再，我也能從煩囂的雜響中聽出清新的樂調，在眩耀的雜彩裡，看出有條理的意匠。這次祖母的大故，老家庭的生活，給我不少靜定的時刻，不少深刻的反省。我不敢說我因此感悟了部分的真理，或是取得了若干的智慧；我只能說我因此與實際生活更深了一層的接觸，益發激動我對於人生種種好奇的探討，益發使我驚訝這迷謎的玄妙，不但死是神奇的現象，不但生命與呼吸是神奇的現象，就連日常的生活與習慣與迷信，也好像放射著異樣的光閃，不容我們擅用一兩個形容詞來概狀，更不容我們昌言什麼主義來抹煞——一個革新者的熱心，碰著了實在的寒冰！

六

我在我的日記裡翻出一封不曾寫完不曾付寄的信，是我祖母死後第二天的早上寫的。我那時在極強烈的極鮮明的時刻內，很想把那幾日經過感想與疑問，痛快的寫給一個同情的好友，使他在數千里外也能分嘗我強烈的鮮明的感情。那位同情的好友我選中了通伯，但那封信卻只起了一個呆重的頭，一為喪中忙，二為我那時眼熱不耐用心，始終不曾寫就，一直挨到現在再想補寫，恐怕強烈已經變弱，鮮明已經透闇，逃亡的囚逋，不易追獲的了。我現在把那封殘信錄在這裡，再來追摹當時的情景。

通伯❹：

我的祖母死了！從昨夜十時半起，直到現在，滿屋子只是號啕呼搶的悲音，與和尚道士女僧的禮懺鼓磬聲。二十年前祖父喪時的情景，如今又在眼前了。忘不了的情景！你願否聽我講些？

我一路回家，怕的是也許已經見不到老人，但老人卻在生死的交關彷彿存心的彌留著，等待她最鍾愛的孫兒──即不能與他開言訣別，也使他尚能把握她依然溫暖的手掌，撫摩她依然跳動著的胸懷，凝視她依然能自開自闔雖則不再能表情的目睛。她的病是腦充血的一種，中醫稱為「卒中」(最難救的中風)。她十日前在暗房裡蹎仆倒地，從此不再開口出言，登仙似的結束了她八十四年的長壽，六十年良妻與賢母的辛勤，她現在已經永遠的脫辭了煩惱的人間，還歸她清淨自在的來處。我們承受她一生的厚愛與蔭澤的兒孫，此時親見，將來追念，她最後的神化，不能自禁中懷的摧痛，熱淚暴雨似的盆湧，然痛心中卻亦隱有無窮的讚美，熱淚中依稀想見她功成德備的微笑，無形中似有不朽的靈光，永遠的臨照她綿衍的後裔……

七

舊曆的乞巧❺那一天，我們一大群快活的遊蹤，驢子灰的黃的白的，轎子四個腳夫抬的，正在山海關外，紆迴的，曲折的繞登角山的棲賢寺，面對著殘圮的長城，巨蟲似的爬山越嶺，隱入煙靄的迷茫。那晚回北戴河海濱住處，已經半夜，我們還打算天亮四點鐘上蓮峰山去看日出，我已經快上床，忽然想起了，出去問有信沒有，聽差遞給我一封電報，家裡來的四等電報。我就知道不妙，果然是「祖母病危速回」！我當晚就收拾行裝，趕早上六時車到天津。晚上才上津浦快車。正嫌路遠車慢，半路又為水發沖壞了軌道過不去，一停就停了十二點鐘有餘，在車裡多過了一夜，直到第三天的中午方才過江上滬甯車。這趟車如其準點到上海，剛好可以接上滬杭的夜車，誰知道又誤了點，誤了不多不少的一分鐘，一面我們的車進站，他們的車頭烏的一聲叫，別斷別斷的去了！我若然是空身子，還可以冒險跳車，偏偏我的一雙手又被行李雇定了，所以只得定著眼睛送它走。

所以直到八月二十二日的中午我方才到家。我給通伯的信說「怕是已經見不著老人」，在路上那幾天真是難受，縮不短的距離沒有法子，但是那急人的水發，急人的火車，幾面湊攏來，叫我整整的遲一晝夜到家！試想病危了的八十四歲的老人，這二十四點鐘不是容易過的，說不定她剛巧在這個期間內有什麼動靜，那才叫人抱憾哩！但是結果還算沒有多大的差池——她老人家還在生死的交關等著！

八

奶奶——奶奶——奶奶！奶——奶！你的孫兒回來了，奶奶！沒有回音。老太太闔著眼，仰面躺在床裡，右手拿著一把半舊的鵰翎扇很自在的扇動著。老太太原來就怕熱，每年暑天總是扇子不離手的，那幾天又是特別的熱。這還不是好好的老太太，呼吸頂勻淨的，定是睡著了，誰說危險！奶奶，奶奶！她把扇子放下了，伸手去摸著頭頂上掛著的冰袋，一把抓得緊緊的，呼了一口長氣，像是暑天趕道兒的喝了一盌涼湯似的，這不是她明明的有感覺不是？我把她的手拿在我的手裡，她似乎感覺我手心的熱，可是她也讓我握著，她開眼了！右眼張得比左眼開些，瞳子卻是發呆，我拿手指在她的眼前一挑，她也沒有瞬，那準是她瞧不見了——奶奶，奶奶——她也真沒有聽見，難道她真是病了，真是危險，這樣愛我疼我寵我的好祖母，難道真會得……我心裡一陣的難受，鼻子裡一陣的酸，滾熱的眼淚就迸了出來。這時候床前已經擠滿了人，我的這位，我的那位，我一眼看過去，只見一片慘白憂愁的面色，一雙雙裝滿了淚珠的眼眶。我的媽更看的憔悴。她們已經伺候了六天六夜，媽對我講祖母這回不幸的情形，怎樣的她夜飯前還在大廳上吩咐事情，怎樣的飯後進房去自己擦臉，不知怎樣的閃了下去，外面人聽著響聲才進去，已經是不能開口了，怎樣的請醫生，一直到現在還沒有轉機……

一個人到了天倫骨肉的中間，整套的思想情緒，就變換了式樣與顏色。你的不自然的口音與語法沒有用了；你的耀眼的袍服可以不必穿了；你的潔白的天使的翅膀，預備飛翔出人間到天堂的，不便在你的慈母跟前自由的開豁；你的理想的樓臺亭閣，也不易輕易的放進這二百年的老屋；你的佩劍，要塞，以及種種的防禦，在爭競的外界即使是必要的，到此只是可笑的累贅。在這裡，不比在其餘的地方，他們所要求於你的，只是隨熟的聲音與笑貌，只是好的，純粹的本性，只是一個沒有斑點子的赤裸裸的好心。在這些純愛的骨肉的經緯中心，不由得你不從你的天性裡抽出最柔懦亦最有力的幾縷絲線來加密或是縫補這幅天倫的結構。

所以我那時坐在祖母的床邊，含著兩朵熱淚，聽母親敘述她的病況，我腦中發生了異常的感想，我像是至少逃回了二十年的光陰，正如我膝前子姪輩一般的高矮，回復了一片純樸的童真，早上走來祖母的床前，揭開帳子叫一聲軟和的奶奶，她也回叫了我一聲，伸手到裡床去摸給我一個蜜棗或是三片狀元糕，我又叫了一聲奶奶，出去玩了，那是如何可愛的辰光，如何可愛的天真，但如今沒有了，再也不回來了。現在床裡躺著的，還不是我的親愛的祖母，十個月前我伴著到普渡登山拜佛清健的祖母，但現在何以不再答應我的呼喚，何以不再能表情，不再能說話，她的靈性那裡去了，她的靈性那裡去了？

九

一天，一天，又是一天——在垂危的病榻前過的時刻，不比平常飛駛無礙的光陰，時鐘上同樣的一聲的𨅖，直接的打在你的焦急的心裡，給你一種模糊的隱痛——祖母還是照樣的眠著，右手的脈自從起病以來已是極微僅有的，但不能動彈的卻反是有脈的左側，右手還是不時在揮扇，但她的呼吸還是一例的平勻，面容雖不免瘦削，光澤依然不減，並沒有顯著的衰象，所以我們在旁邊看她的，差不多每分鐘都盼望她從這長期的睡眠中醒來，打一個哈欠，就開眼見人，開口說話——果然她醒了過來，我們也不會覺得離奇，像是原來應當似的。但這究竟是我們親人絕望中的盼望，實際上所有的醫生，中醫，西醫，針醫，都已一致的回絕，說這是「不治之症」。中醫說這脈象是憑證，西醫說腦殼裡血管破裂，雖則植物性機能——呼吸，消化——不曾停止，但言語中樞已經斷絕——此外更專門更玄學更科學的理論我也記不得了。所以暫時不變的原因，就在老太太本來的體元太好了，拳術家說的「一時不能散工」，並不是病有轉機的兆頭。

我們自己人也何嘗不明白這是個絕症；但我們卻總不忍自認是絕望：這「不忍」便是人情。我有時在病榻前，在淒悒的靜默中，發生了重大的疑問。科學家說人的意識與靈感，只是神經系最高的作用，這複雜，微妙的機械，只要部分有了損傷或是停頓，全體的動作便發生相當的影響；如其最重要的部分受了擾亂，他不是變成反常的瘋癲，便是完全的失去意識。照這一說，體即是用，離了體即沒有用；靈魂是宗教家的大謊，人的身體一死什麼都完了。這是最乾脆不過的說法，我們活著時有這樣有那樣已經儘夠麻煩，儘夠受，誰還有興致，誰還願意到墳墓的那一邊再去發生關係，地獄也許是黑暗的，天堂是光明的，但光明與黑暗的區別無非是人類專擅的假定，我們只要擺脫這皮囊，還歸我清靜，我就不願意頭戴一個黃色的空圈子，合著手掌跪在雲端裡受罪！

再回到事實上來，我的祖母——一位神智最清明的老太太——究竟在那裡？我既然不能斷定因為神經部分的震裂她的靈感性便永遠的消滅，但同時她又分明的失卻了表情的能力，我只能設想她人格的自覺性，也許比平時消澹了不少，卻依舊是在著，像在夢魘裡將醒未醒時似的，明知她的兒女孫曾不住的叫喚她醒來，明知她即使要永別也總還有多少的囑咐，但是可憐她的睛球再不能反映外界的印象，她的聲帶與口舌再不能表達她內心的情意，隔著這脆弱的肉體的關係，她的性靈再不能與她最親的骨肉自由的交通——也許她也在整天整夜的伴著我們焦急，伴著我們傷心，伴著我們出淚，這才是可憐，這才真叫人悲感哩！

十

到了八月二十七那天，離她起病的第十一天，醫生吩咐脈象大大的變了，叫我們當心，這十一天內每天她只嚥入很困難的幾滴稀薄的米湯，現在她的面上的光澤也不如早幾天了，她的目眶更陷落了，她的口部的筋肉也更寬弛了，她右手的動作也減少了，即使拿起了扇子也不再能很自然的扇動了——她的大限的確已經到了。但是到晚飯後，反是沒有什麼顯象。同時一家人著了忙，準備壽衣的，準備冥銀的，準備香燈等等的。我從裡走出外，又從外走進裡，只見匆忙的腳步與嚴肅的面容。這時病人的大動脈已經微細的不可辨，雖則呼吸還不至怎樣的急促。這時一門的骨肉已經齊集在病房裡，等候那不可避免的時刻。到了十時光景，我和我的父親正坐在房的那一頭一張床上，忽然聽得一個哭叫的聲音說——「大家快來看呀，老太太的眼睛張大了！」這尖銳的喊聲，彷彿是一大桶的冰水澆在我的身上，我所有的毛管一齊豎了起來，我們踉蹌的奔到了床前，擠進了人叢。果然，老太太的眼睛張大了，張得很大了！這是我一生從不曾見過，也是我一輩子忘不了的眼見的神奇。（恕罪我的描寫！）不但是兩眼，面容也是絕對的神變❻了(transfigured)：她原來皺縮的面上，發出一種鮮潤的彩澤，彷彿半瘀的血脈，又一度滿充了生命的精液，她的口，她的兩頰，也都回復了異樣的豐潤；同時她的呼吸漸漸的上升，急進的短促，現在已經幾乎脫離了氣管，只在鼻孔裡脆響的呼出了。但是最神奇不過的是一隻眼睛！

她的瞳孔早已失去了收斂性，呆頓的放大了。但是最後那幾秒鐘，不但眼眶是充分的張開了，不但黑白分明，瞳孔銳利的緊斂了，並且放射著一種不可形容，不可信的輝光，我只能稱他為「生命最集中的靈光」！這時候床前只是一片的哭聲，子媳喚著娘，孫子喚著祖母，婢僕爭喊著老太太，幾個稚齡的曾孫，也跟著狂叫太太……但老太太最後的開眼，彷彿是與她親愛的骨肉，作無言的訣別，我們都在號泣的送終，她也安慰了，她放心的去了。在幾秒時內，死的黑影已經移上了老人的面部，遏滅了生命的異彩，她最後的呼氣，正似水泡破裂，電光杳滅，菩提的一響，生命呼出了竅，什麼都止息了。

十一

我滿心充塞了死象的神奇，同時又須顧管我有病的母親，她那時出性的號啕，在地板上滾著，我自己反而哭不出來；我自己也覺得奇怪，眼看著一家長幼的涕淚滂沱，耳聽著狂沸似的呼搶號叫，我不但不發生同情的反應，卻反而達到了一個超感情的，靜定的，幽妙的意境，我想像的看見祖母脫離了軀殼與人間，穿著雪白的長袍，冉冉的上升天去，我只想默默的跪在塵埃，讚美她一生的功德，讚美她一生的圓寂。這是我的設想！我們內地人卻沒有這樣純粹的宗教思想；他們的假定是不論死的是高年厚德的老人或是無知無慾的幼孩，或是罪大惡極的凶人，臨到彌留的時刻總是一例的有無常鬼，摸壁鬼，牛頭馬面，赤髮獠牙的陰差等等到門，拿著鐐鍊枷鎖，來捉拿陰魂到案。所以燒紙帛是平他們的暴戾，最後的呼搶是沒奈何的訣別。這也許是大部分臨死時實在的情景，但我們卻不能概定所有的靈魂都不免遭受這樣的淩辱。譬如我們的祖老太太的死，我只能想像她是登天，只能想像她慈祥的神化——像那樣鼎沸的號啕，固然是至性不能自禁，但我總以為不如匐伏隱泣或默禱，較為近情，較為合理。

理智發達了，感情便失了自然的濃摯；厭世主義的看來，眼淚與笑聲一樣是空虛的，無意義的。但厭世主義姑且不論，我卻不相信理智的發達，會得妨礙天然的情感；如其教育真有效力，我以為效力就在剝削了不合理性的「感情作用」，但決不會有損真純的感情；他眼淚也許比一般人流得少些，但他等到流淚的時候，他的淚才是應流的淚。我也是智識愈開流淚愈少的一個人，但這一次卻也真的哭了好幾次。一次是伴我的姑母哭的，她為產後不曾復元，所以祖母的病一直瞞著她，一直到了祖母故後的早上方才通知她。她扶病來了，她還不曾下轎，我已經聽出她在啜泣，我一時感覺一陣的悲傷，等到她出轎放聲時，我也在房中歔欷不住。又一次是伴祖母當年的贈嫁婢哭的。她比祖母小十一歲，今年七十三歲，亦已是個白髮的婆子，她也來哭她的「小姐」，她是見著我祖母的花燭的唯一個人，她的一哭我也哭了。

再有是伴我的父親哭的。我總是覺得一個身體偉大的人，他動情感的時候，動人的力量也比平常人偉大些。我見了我父親哭泣，我就忍不住要伴著淌淚。但是感動我最強烈的幾次，是他一人倒在床裡，反覆的啜泣著，叫著媽，像一個小孩似的，我就感到最熱烈的傷感，在他偉大的心胸裡浪濤似的起伏，我就感到母子的感情的確是一切感情的起原與總結，等到一失慈愛的蔭蔽，彷彿一生的事業頓時莫有了根柢，所有的快樂都不能填平這唯一的缺陷；所以他這一哭，我也真哭了。

但是我的祖母果真是死了嗎？她的軀體是的。但她是不死的。詩人勃蘭恩德❼(Bryant)說：

So live, that when thy summons comes to join
The innumerable caravan which moves
To that mysterious realm where each shall take

His chamber in the silent halls of death,
Thou go not, like the quarry-slave at night,
Scourged to his dungeon; but, sustain'd and soothed
By an unfaltering trust, approach thy grave,
Like one who wraps the drapery of his couch
About him, and lies down to pleasant dreams.

如果我們的生前是盡責任的，是無愧的，我們就會安坦的走近我們的墳墓，我們的靈魂裡不會有慚愧或悔恨的齧痕。人生自生至死，如勃蘭恩德的比喻，真是大隊的旅客在不盡的沙漠中進行，只要良心有個安頓，到夜裡你臥倒在帳幕裡也就不怕噩夢來纏繞。

我的祖母，在那舊式的環境裡，到我們家來五十九年，真像是做了長期的苦工，她何嘗有一日的安閒，不必說子女的嫁娶，就是一家的柴米油鹽，掃地抹桌，那一件事不在八十歲老人早晚的心上！我的伯父快近六十歲了，但他的起居飲食，還差不多完全是祖母經管的，初出世的曾孫如其有些身熱咳嗽，老太太晚上就睡不安穩；

她愛我寵我的深情，更不是文字所能描寫；她那深厚的慈蔭，真是無所不包，無所不蔽。但她的身心即使勞碌了一生，她的報酬卻在靈魂無上的平安；她的安慰就在她的兒女孫曾，只要我們能夠步她的前例，各盡天定的責任，她在冥冥中也就永遠的微笑了。

十一月二十四日（一九二三年）

注釋

❶華滋華斯 (1770–1850) 英國浪漫時期詩人，生於坎伯蘭的科克茅斯，先後在湖區的霍克斯黑德和劍橋受教育。曾徒步旅行橫越法國和瑞士。一七九三年，定居於多塞特郡的雷斯敦，從此展開才華，以詩作探究大自然。一七九七年，移居索美塞得郡的阿爾福克斯登，與柯立芝合作寫出第一部新浪漫主義詩歌宣言《抒情歌謠》，第一首是柯立芝的〈古舟子詠〉，最後一首則是華滋華斯的〈丁登寺〉，奠定他在詩壇的地位。華滋華斯作品多歌詠自然、兒童、友誼、永恆等主題，有湖上詩人、桂冠詩人之譽，著有《自傳詩》和兩本詩集。志摩深受其影響。

❷丹麥王子　指莎士比亞 (William Shakespeare, 1564–1616) 劇本《哈姆雷特》（全名《丹麥王子哈姆雷特的悲劇》，*The Tragedie of Hamlet, Prince of Denmarke*）中的主角。在劇本中，丹麥

國王老哈姆雷特 (Hamlet) 過世，其弟柯勞狄 (Claudius) 繼位，並娶了嫂嫂葛楚 (Gertrude) 為妻。但老哈姆雷特的鬼魂出現，說自己是被弟弟毒害，要兒子替他報仇。王子於是裝瘋賣傻，伺機行動，最後終於報仇成功，但自己也不幸毒發而死。這裡，志摩以「搔頭窮思」形容丹麥王子反覆沉思、猶疑不決的樣子。

❸陸放翁　陸游（一一二五—一二一〇），宋山陰人。字務觀，別號放翁。才氣超逸，尤長於詩，清新圓潤，自成一家，後世稱為劍南派。著有《劍南詩稿》、《放翁詞》、《南唐書》、《老學庵筆記》等。這裡引用的「百無一用是書生」句，似應出自清代黃景仁《兩當軒集》的〈雜感〉詩：「十有九人堪白眼，百無一用是書生。」本意在抒發抑鬱不平之氣，後來泛指文人志大才疏，或用為自謙之辭。這裡應取自謙之意，係志摩用來感嘆自己對人生其實什麼都不懂。

❹通伯　陳源（一八九一—一九七〇），字通伯，筆名西瀅，江蘇無錫人。獲倫敦大學政經學院博士學位，曾任北京大學教授、武漢大學校長等職。受國民政府派任英國，後出任聯合國教科文組織常駐代表。著有《西瀅閒話》，文風清新，如行雲流水，為散文名家。陳源為志摩好友。

❺舊曆的乞巧　指農曆七月七日，又稱七夕。相傳那天是牛郎織女相會的日子，當晚有乞巧習俗：女孩子以月下穿針、水中針影或蛛蛛結網的情形來看是否得「巧」，又稱巧節。

❻神變　指人的靈魂出竅，遊神物外，彷彿到另一個超越現實的世界。

❼勃蘭恩德　(William Cullen Bryant) 或譯布賴恩特 (1794–1878)，英國詩人。這裡，志摩引用

其所作〈死之冥想〉(Thanatopsis) 末段，大意是：「這樣的生命力，一旦得到召喚，便加入綿延不斷的大蓬車隊中，駛向神祕的國度，每個人死守在籠罩死亡的寂靜的廂房中，動彈不得。如同採礦的奴隸夜間在牢房仍被無情鞭打，但只有靜默和忍耐。這是個永恆不變的真理，走近墳墓，就像一個人捲起床邊的簾幕，躺下，進入愉快的夢鄉。」

賞析

一九二三年八月十一日，志摩由天津去北戴河避暑，聞祖母病危，旋即趕回浙江家中。八月二十七日，志摩的祖母何太夫人病逝，享年八十四歲。本文即為悼念祖母之作，於十一月二十四日完成，並刊載於十二月一日出版的《晨報五週年紀念增刊》中。

一般悼念的文章大都先寫出作者對往生者的情感，或者記敘其一生事蹟，加上自己的悲悼懷念之情。但志摩此文卻完全不按牌理出牌，以十一個長長的段落，先介紹西洋詩人有關死亡的作品，再寫祖父之死，然後才仔細敘述祖母瀕死到臨終的情形。

從第六段所述，他在祖母逝世隔天即嘗試寫信給陳西瀅（通伯），想要訴說內心的傷慟，但終究詞不達意，半途而廢的事來看，他是非常傷心的，他一定要寫點什麼才能抒發心中的悲傷。但以一個作家的立場，他更想寫成一篇至情至性又有文學深度的文章，所以他耗時三月才寫就本文。果然，經過思量安排，本文一方面傳達了他對祖母的感恩與悼念，另方面也展現了他對人生以及死亡的看法。

在文章的第一段，志摩首先引述華滋華斯的詩〈我們是七人〉，用意在說明單純的孩子不會懂得生存與死亡的差別。第二段，再引述一個電影情節，再次說明孩子分不出生與死。這兩段是為後面的段落鋪墊，因為所有的人在孩童時期對死亡都是蒙昧無知的，因此第三段述對祖父之死的印象，志摩就說，其實當時的他也不比華滋華斯筆下的小女孩高明。接著在第四段，他由此引申，事實上不只是小孩，我們一般人對人生的各種況味（文中稱「人情的經驗」、「種種的情熱」），也可能不曾真實地體驗過。於是，第五段開頭便有了這樣的領悟：「所以不曾經歷過精神或心靈的大變的人們，只是在生命的戶外徘徊……」，對志摩來說，祖母的死，給他的體會是讓他和實際生活有了更深一層的接觸；生活，是個真實又真實的字眼，不是什麼主義、革新的理念可以隨便抹煞的。從這裡可以看出志摩對自己一向以知識分子自居，高唱自由、愛與美的論調，有著深深的撞擊，人畢竟不能離開生長的家園，至少，老家的那分人情，永遠牽繫著遊子漂泊的心。

第六段起，志摩才真正進入主題，詳細敘述從祖母病危到臨終的情形。在這些段落裡，志摩對祖母的死亡過程、家人的反應以及自己內心的情緒起伏，可說描寫得鉅細靡遺。為什麼採用這樣的筆法呢？正是要凸顯祖母對他的關愛，以及整個家族對祖母的孺慕之情。例如第七段末尾，寫擔心趕不上見祖母最後一面的焦慮心情，第八段寫祖孫終於相見，但祖母卻已經瞳孔渙散，看不清他的模樣，一字一句，都透露他焦燥不安、憂心如焚的感覺。這段末尾，還記敘了他含淚守在祖母床前，但心神卻飛回二十年前的童稚歲月，那時祖母經常逗弄他，給他好吃的零食，祖孫其樂融融。「但現在何以不再答應我的呼喚，何以不再能表情，不再能說話，她的靈性那裡去了，她的靈性那裡去了？」末尾的殷勤呼喚，真情流露。

志摩寫家人親友的反應，也極為生動感人。尤其是第十一段寫父親哭祖母的情形，一次又一次，這個六十歲的老人像個孩子似的在床上打滾、哭著叫媽，這情景不只是志摩要跟著掉淚，我們讀者看了也會感動得眼眶發紅。

志摩寫這篇文章，出於感情，也出於理智。所以在第九、十兩段，他又站到旁觀者的角度，觀察祖母的死，他看到生命由旺盛到枯萎，他猜想祖母若還有知覺，一定「也在整天整夜的伴著我們焦急，伴著我們傷心，伴著我們出淚，這才是可憐，這才真叫人悲感哩！」這裡，似乎又不只是理智的看法了；志摩畢竟是性情中人，他的理智應是用來抒解內心濃烈的傷悲，因此才能在家人號哭聲中，想像祖母穿著雪白的長袍升天（第十一段開頭）。而最後，他也認為祖母的軀體雖歿，但精神是不死的，因為她這一生已貢獻給徐家，兒女孫曾的孝悌，就是她最大的安慰。這裡他又引用美國詩人勃蘭恩德的詩句為證，和文章開頭的形式互相呼應。而歷經這一長串的書寫，志摩應該已經徹底抒發內心的悲慟，他再也不是無知天真的孩童，他真真實實地嘗受了「人情的經驗」、人世的「種種情熱」。

我的彼得❶

新近有一天晚上，我在一個地方聽音樂，一個不相識的小孩，約莫八九歲光景，過來坐在我的身邊，他說的話我不懂，我也不易使他懂我的話，那可並不妨事，因為在幾分鐘內我們已經是很好的朋友，他拉著我的手，我拉著他的手，一同聽臺上的音樂。他年紀雖則小，他音樂的興趣已經很深：他比著手勢告我他也有一張提琴，他會拉，並且說那幾個是他已經學會的調子。他那資質的敏慧，性情的柔和，體態的秀美，不能使人不愛；而況我本來是歡喜小孩們的。

但那晚雖則結識了一個可愛的小友，我心裡卻並不快爽；因為不僅見著他使我想起你，我的小彼得，並且在他活潑的神情裡我想見了你，彼得，假如你長大的話，與他同年齡的影子。你在時，與他一樣，也是愛音樂的；雖則你回去的時候剛滿三歲，你愛好音樂的故事，從你襁褓時起，我屢次聽你媽與你的「大大❷」講，不但是十分的有趣可愛，竟可說是你有天賦的憑證。在你最初開口學話的日子，你媽已經寫信給我，說你聽著了音樂便異常的快活，說你在坐車裡常常伸出你的小手在車欄上跟著音樂按拍；你稍大些會得淘氣的時候，你媽說，只要把話匣開上，你便在旁邊乖乖的坐著靜聽，再也不出聲不鬧——並且你有的是可驚的口味，是貝德花芬❸是槐格納❹你就愛，要是中國的戲片，你便蓋沒了你的小耳，決意不讓無意味的鑼鼓，打攪你的清聽！你的大大（她多疼你！）講給我聽你得小提琴的故事：怎樣那晚上買琴來的時候你已經在你的小床上睡好，怎樣她們為怕你起來鬧趕快滅了燈亮把琴放在你的床邊，怎樣你這小機靈早已看見，卻偏不作聲，等你媽與大大都上了床，你才偷偷的爬起來，摸著了你的寶貝，再也忍不住的你技癢，站在漆黑的床邊，就開始你「截桑柴❺」的本領，後來怎樣她們干涉了你，你便乖乖的把琴抱進你的床去，一起安眠。她們又講你怎樣喜歡拿著一根短棍站在桌上模倣音樂會的導師❻，你那認真的神情常常叫在座人大笑。此外還有不少趣話，大大記得最清楚，她都講給我聽過；但這幾件故事已夠見證你小小的靈性裡早長著音樂的慧根。實際我與你媽早經同意想叫你長大時留在德國學習音樂——誰知道在你的早殤裡我們不失去了一個可能的毛贊德❼(Mozart)：在中國音樂最饑荒的日子，難得見這一點希冀的青芽，又教運命無情的腳跟踏倒，想起怎不可傷？

彼得，可愛的小彼得，我「算是」你的父親，但想起我做父親的往蹟，我心頭便湧起了不少的感想；我的話你是永遠聽不著了，但我想借這悼念你的機會，稍稍疏洩我的積愫，在這不自然的世界上，與我境遇相似或更不如的當不在少數，因此我想說的話或許還有人聽，竟許有人同情。就是你媽，彼得，她也何嘗有一天接近過快樂與幸福，但她在她同樣不幸的境遇中證明她的智斷，她的忍耐，尤其是她的勇敢與膽量；所以至少她，我敢相信，可以懂得我話裡意味的深淺，也只有她，我敢說，最有資格指證或相詮釋，在她有機會時，我的情感的真際。

但我的情愫！是怨，是恨，是懺悔，是悵惘？對著這不完全，不如意的人生，誰沒有怨，誰沒有恨，誰沒有悵惘？除了天生顢頇的，誰不曾在他生命的經途中——葛德❽說的——和著悲哀吞他的飯，誰不曾擁著半夜的孤衾飲泣？我們應得感謝上蒼的是他不可度量的心裁，不但在生物的境界中他創造了不可計數的種類，就這悲哀的人生也是因人差異，各各不同——同是一個碎心，卻沒有同樣的碎痕，同是一滴眼淚，卻難尋同樣的淚晶。

彼得我愛，我說過我是你的父親。但我最後見你的時候你才不滿四月，這次我再來歐洲你已經早一個星期回去，我見著的只你的遺像，那太可愛，與你一撮的遺灰，那太可慘。你生前日常把弄的玩具——小車，小馬，小鵝，小琴，小書——你媽曾經件件的指給我看，你在時穿著的衣褂鞋帽你媽與你大大也曾含著眼淚從箱裡理出來給我撫摩，同時她們講你生前的故事，直到你的影像活現在我的眼前，你的腳蹤彷彿在樓板上踹響。你是不認識你父親的，彼得，雖則我聽說他的名字常在你的口邊，他的肖像也常受你小口的親吻，多謝你媽與你大大的慈愛與真摯，她們不僅永遠把你放在她們心坎的底裡，她們也使我，沒福見著你的父親，知道你，認識你，愛你，也把你的影像，活潑，美慧，可愛，永遠鏤上了我的心版。那天在柏林的會館裡，我手捧著那收存你遺灰的錫瓶，你媽與你七舅站在旁邊止不住滴淚，你的大大哽咽著，把一個小花圈掛上你的門前——那時間我，你的父親，覺著心裡有一個尖銳的刺痛，這才初次明白曾經有一點血肉從我自己的生命裡分出，這才覺著父性的愛像泉眼似的在性靈裡汩汩的流出：只可惜是遲了，這慈愛的甘液不能救活已經萎折了的鮮花，只能在他紀念日的周遭永遠無聲的流轉。

彼得，我說我要借這機會稍稍爬梳我年來的鬱積；但那也不見得容易；要說的話彷彿就在口邊，但你要它們的時候，它們又不在口邊：像是長在大塊岩石底下的嫩草，你得有力量翻起那岩石才能把它不傷損的連根起出——誰知道那根長的多深！是恨，是怨，是懺悔，是悵惘？許是恨，許是怨，許是懺悔，許是悵惘。荊棘刺入了行路人的脛踝，他才知道這路的難走；但為什麼有荊棘？是它們自己長著，還是有人成心種著的？也許是你自己種下的？至少你不能完全抱怨荊棘，一則因為這道是你自願才來走的，再則因為那刺傷是你自己的腳踏上了荊棘的結果，不是荊棘自動來刺你——但又誰知道？因此我有時想，彼得，像你倒真是聰明：你來時是一團活潑，光亮的天真，你去時也還是一個光亮，活潑的靈魂；你來人間真像是短期的作客，你知道的是慈母的愛，陽光的和暖與花草的美麗，你離開了媽的懷抱，你回到了天父的懷抱，我想他聽你欣欣的回報這番作客——只嘗甜漿，不吞苦水——的經驗，他上年紀的臉上一定滿布著笑容——你的小腳踝上不曾碰著過無情的荊刺，你穿來的白衣不曾沾著一斑的泥汙。

但我們，比你住久的，彼得，卻不是來作客；我們是遭放逐，無形的解差永遠在後背催逼著我們趕道：為什麼受罪，前途是那裡，我們始終不曾明白，我們明白的只是底下流血的脛踝，只是這無恩的長路，這時候想回頭已經太遲，想中止也不可能，我們真的羨慕，彼得，像你那謫期的簡淨。

在這道上遭受的，彼得，還不止是難，不止是苦，最難堪的是逐步相追的嘲諷，身影似的不可解脫。我既是你的父親，彼得，比方說，為什麼我不能在你的生前——日子雖短——給你應得的慈愛，為什麼要到這時候，你已經去了不再回來，我才覺著骨肉的關連？並且假如我這番不到歐洲，假如我在萬里外接到你的死耗，我怕我只能看作水面上的雲影，來時自來，去時自去：正如你生前我不知欣喜，你在時我不知愛惜，你去時也不能過分動我的情感。我自分不是無情，不是寡恩，為什麼我對自身的血肉，反是這般不近情的冷漠？彼得，我問為什麼，這問的後身便是無限的隱痛；我不能怨，我不能恨，更無從悔，我只是悵惘，我只能問！明知是自苦的揶揄，但我只能忍受。而況揶揄還不止此，我自身的父母，何嘗不赤心的愛我；但他們的愛卻正是造成我痛苦的原因：我自己也何嘗不篤愛我的親親，但我不僅不能盡我的責任，不僅不曾給他們想望的快樂，我，他們的獨子，也不免加添他們的煩愁，造作他們的痛苦，這又是為什麼？在這裡，我也是一般的不能恨，不能怨，更無從悔，我只是悵惘——我只能問。昨天我是個孩子，今天已是壯年；昨天腮邊還帶著圓潤的笑渦，今天頭上已見星星的白髮；光陰帶走的往蹟，再也不容追贖，留下在我們心頭的只是些揶揄的鬼影；我們在這道上偶爾停步回想的時候，只能投一個虛圈的「假使當初」，解嘲已往的一切。但已往的教訓，即使有，也不能給我們利益，因為前途還是不減啟程時的渺茫，我們還是不能選擇取由的塗徑——到那天我們無形的解差喝住的時候，我們唯一的權利，我猜想，也只是再丟一個虛圈更大的「假使」，圓滿這全程的寂寞，那就是止境了。

（一九二五年）

注釋

❶彼得　志摩的次子，中文名德生，一九二二年二月二十四日生於德國柏林。三月，志摩即與張幼儀宣告離婚。彼得因此隨母親張幼儀居留德國，一九二六年三月十九日因腹膜炎不幸殤亡，恰年滿三歲。

❷大大　保姆。

❸貝德花芬　(Ludwig van Beethoven, 1770–1827) 今譯作貝多芬，德國音樂家，世稱樂聖。家貧苦，四歲即開始學豎琴，十一歲隨母至荷蘭，展開旅行音樂會，以善奏鋼琴著名。後拜師於莫札特、海頓，音樂造詣日益增進。三十歲以後耳聾，但樂曲風格更轉入崇高境界，成就非凡。最著名的鋼琴曲是〈月光〉，而以交響樂享有盛名，有〈英雄〉、〈田園〉、〈命運〉等九篇，對後來的音樂界有深遠的影響。

❹槐格納　(Wilhelm Richard Wagner, 1813–1883) 今譯作華格納，德國音樂家，以歌劇作品著稱，主張歌劇應為一切藝術之綜合體，音樂與歌詞、劇情三者，相平行而不相從屬。他的作品曲子多取材於神話與傳說，思想縝密，旋律用各種樂器，具抑揚頓挫之美。著有歌劇《飛船》、《名歌者》、《尼柏隆的指環》等，也有《藝術與革命》、《歌劇與戲劇》等論文。

❺截桑柴　形容拉小提琴的模樣像鋸樹枝一樣。是句玩笑話。

❻音樂會的導師　即指揮人物。

❼毛贊德　(Johann Wolfgang Amadeus Mozart, 1756–1791) 今譯作莫札特，奧地利音樂家，五歲能作曲，有音樂神童之譽。少時即遊歷歐洲各國，在倫敦舉辦音樂會。歌劇《費加洛婚禮》、《唐璜》與樂曲〈安魂曲〉最有名，也有多部彌撒曲、交響曲。

❽葛德　(Johann Wolfgang von Goethe, 1749–1832) 今譯作歌德，德國詩人，兼擅小說與戲劇。家富殷，通數國語言，本為律師，因創作劇本《貝里興根》、小說《少年維特的煩惱》，而漸有文名。晚年完成劇曲《浮世德》兩巨冊，堪稱曠世鉅作。歌德其他詩文作品也很多，是德國浪漫派代表作家之一。

賞　析

一九二五年三月，志摩為了躲避「離婚再戀愛」的閒言閒語，決定出國散心。

三月十九日一直跟隨張幼儀居住在德國的次子德生（彼得）卻因腹膜炎死於柏林，志摩於二十六日抵達柏林，已經來不及見面。志摩只得睹物思人。六月三日，志摩在義大利翡冷翠，寫下本文悼念三歲夭亡的彼得。

本文是父親追悼亡兒，情感自然是深厚而哀慟的。但志摩與彼得這對父子，卻有著十分尷尬的情況。因為彼得尚在娘胎時，志摩和張幼儀的感情已破裂；彼得出世未滿一月，志摩便與張幼儀離婚，志摩只在彼得四個月大時見過他，此後就不曾盡過做父親的責任，完全由張幼儀來教養。志摩只能透過張幼儀等人的轉述，大略了解彼得聰明活潑可愛的模樣。就連彼得病亡，志摩都來不及見上最後一面。這其中的疏離感，和身為父親的責任感、愧疚感一直在志摩內心交戰。他不能說自己無動於衷，也不能誇大自己的悲傷，那都會顯得太矯情，所以志摩以最真誠的態度來面對彼得。

志摩首先記敘彼得天生喜好音樂的個性，雖然是旁聽得知，但志摩的文字生動流利，呈現彼得活潑精靈的模樣。接著，他感念張幼儀為他所作的一切，並認為她是最了解他的人。然後，就開始述說自己身為人父的心情，希望彼得能了解人生的複雜與艱難，他不求別人的諒解，只希望孩子可以了解父親的心情。他愷切地呼喊：

我自分不是無情，不是寡恩，為什麼我對自身的血肉，反是這般不近情的冷漠？彼得，我問為什麼，這問的後身便是無限的隱痛；我不能怨，我不能恨，更無從悔，我只是悵惘，我只能問！明知是自苦的揶揄，但我只能忍受。

這番言語，幾近懺悔，也可了解志摩當時的困境。可貴的是他不故作可憐，也不氣餒，只把痛苦拿來自己承擔。這哪裡是三歲的彼得可以了解的。三歲的彼得應該像志摩在第六段所想像的，來時是一團活潑，光亮的天真，去時也還是一個光亮，活潑的靈魂；只嘗受人世的甜漿，不吞苦水，平安地回到天父的懷抱。這，應該也是志摩為彼得所能做的最後的祝禱。

翡冷翠❶山居閒話

在這裡出門散步去，上山或是下山，在一個晴好的五月的向晚，正像是去赴一個美的宴會，比如去一果子園，那邊每株樹上都是滿掛著詩情最秀逸的果實，假如你單是站著看還不滿意時，只要你一伸手就可以採取，可以恣嘗鮮味，足夠你性靈的迷醉。陽光正好暖和，決不過暖；風息是溫馴的，而且往往因為他是從繁花的山林裡吹度過來，他帶來一股幽遠的澹香，連著一息滋潤的水氣，摩挲著你的顏面，輕繞著你的肩腰，就這單純的呼吸已是無窮的愉快；空氣總是明淨的，近谷內不生煙，遠山上不起靄，那美秀風景的全部正像畫片似的展露在你的眼前，供你閒暇的鑑賞。

作客山中的妙處，尤在你永不須躊躇你的服色與體態。你不妨搖曳著一頭的蓬草❷，不妨縱容你滿腮的苔蘚❸；你愛穿什麼就穿什麼；扮一個牧童，扮一個漁翁，裝一個農夫，裝一個走江湖的桀卜閃[4]，裝一個獵戶；你再不必提心整理你的領結，你儘可以不用領結，給你的頸根與胸膛一半日的自由。你可以拿一條這邊黝色的長巾包在你的頭上，學一個太平軍的頭目，或是拜倫[5]那埃及裝的姿態；但最要緊的是穿上你最舊的舊鞋，別管他模樣不佳，他們是頂可愛的好友，他們承著你的體重卻不叫你記起你還有一雙腳在你的底下。

這樣的玩頂好是不要約伴，我竟想嚴格的取締，只許你獨身；因為有了伴多少總得叫你分心，尤其是年輕的女伴，那是最危險最專制不過的旅伴，你應得躲避她像你躲避青草裡一條美麗的花蛇！平常我們從自己家裡走到朋友的家裡，或是我們執事的地方，那無非是在同一個大牢裡從一間獄室移到另一間獄室去，拘束永遠跟著我們，自由永遠尋不到我們；但在這春夏間美秀的山中或鄉間你要是有機會獨身閒逛時，那才是你福星高照的時候，那才是你實際領受，親口嘗味，自由與自在的時候，那才是你肉體與靈魂行動一致的時候。朋友們，我們多長一歲年紀往往只是加重我們頭上的枷，加緊我們腳脛上的鍊，我們見小孩子在草裡在沙堆裡在淺水裡打滾作樂，或是看見小貓追他自己的尾巴，何嘗沒有羨慕的時候，但我們的枷，我們的鍊永遠是制定我們行動的上司！所以只有你單身奔赴大自然的懷抱時，像一個裸體的小孩撲入他母親的懷抱時，你才知道靈魂的愉快是怎樣的，單是活著的快樂是怎樣的，單就呼吸單就走道單就張眼看聳耳聽的幸福是怎樣的。因此你得嚴格的為己，極端的自私，只許你，體魄與性靈，與自然同在一個脈搏裡跳動，同在一個音波裡起伏，同在一個神奇的宇宙裡自得。我們渾樸的天真是像含羞草似的嬌柔，一經同伴的抵觸，他就捲了起來，但在澄淨的日光下，和風中，他的姿態是自然的，他的生活是無阻礙的。

你一個人漫遊的時候，你就會在青草裡坐地仰臥，甚至有時打滾，因為草的和暖的顏色自然的喚起你童稚的活潑；在靜僻的道上你就會不自主的狂舞，看著你自己的身影幻出種種詭異的變相，因為道旁樹木的陰影在他們于徐的婆娑裡暗示你舞蹈的快樂；你也會得信口的歌唱，偶爾記起斷片的音調，與你自己隨口的小曲，因為樹林中的鶯燕告訴你春光是應得讚美的；更不必說你的胸襟自然會跟著曼長的山徑開拓，你的心地會看著澄藍的天空靜定，你的思想和著山壑間的水聲，山罅裡的泉響，有時一澄到底的清澈，有時激起成章的波動，流，流，流，流入涼爽的橄欖林中，流入嫵媚的阿諾河❻去……

並且你不但不須要伴，每逢這樣的遊行，你也不必帶書。書是理想的伴侶，但你應得帶書，是在火車上，在你住處的客室裡，不是在你獨身漫步的時候。什麼偉大的深沉的鼓舞的清明的優美的思想的根源不是可以在風籟中，雲彩裡，山勢與地形的起伏裡，花草的顏色與香息裡尋得？自然是最偉大的一部書，葛德說，在他每一頁的字句裡我們讀得最深奧的消息。並且這書上的文字是人人懂得的；阿爾帕斯與五老峰❼，雪西里與普陀山❽，萊因河與揚子江❾，梨夢湖與西子湖❿，建蘭與瓊花，杭州西溪的蘆雪與威尼市夕照⓫的紅潮，百靈與夜鶯，更不提一般黃的黃麥，一般紫的紫藤，一般青的青草，同在大地上生長，同在和風中波動——他們應用的符號是永遠一致的，他們的意義是永遠明顯的，只要你自己性靈上不長瘡瘢，眼不盲，耳不塞，這無形跡的最高等教育便永遠是你的名分，這不取費的最珍貴的補劑便永遠供你的受用；只要你認識了這一部書，你在這世界上寂寞時便不寂寞，窮困時不窮困，苦惱時有安慰，挫折時有鼓勵，軟弱時有督責，迷失時有南鍼⓬。

十四年七月（一九二五年）

注釋

❶翡冷翠　義大利中部著名的城市，為文藝復興時代歐洲藝術與文化中心。義大利原文 Firenze，

一般均譯作佛羅倫斯，係據英文 Florence 而來。志摩特地譯為此名，乃音色俱佳的詩意譯名。

❷蓬草　形容頭髮散亂如蓬草。

❸苔蘚　形容鬍子短密如苔蘚。

❹紮卜閃　(Gypsy) 今譯作吉普賽，為一種流浪的民族；因初到歐洲時，英人誤為埃及人 (Egyptian)，故名。在歐洲各國都有不同稱呼法，例如法國稱他們為波西米亞人 (Bohemians)。身材短小，黃皮膚，黑髮，眼睛大而黑亮，語言大部分由印度語變成。西元第九（或說十四）世紀自印度西北流入歐洲及北美，現散處世界各地，尤以匈牙利、羅馬尼亞為多。以歌舞、卜筮著名於世；「吉普賽人」因而成為流浪、自由、反工業文明的象徵。

❺拜倫　(George Gordon Byron, 1788–1824) 英國詩人，父為浪子。年幼時與母共度窮苦生涯。後繼承祖父爵位，生活始獲改善。受教於倫敦大學。二十一歲遊西班牙、希臘、土耳其等地，作〈和羅德遊記〉，聲名大震。曾幫助希臘獨立，三十六歲那年逝世。代表作有〈唐璜〉、〈海盜〉、〈曼夫莫德〉等篇。這裡說拜倫穿著埃及裝，據考證，應是阿爾巴尼亞裝。

❻阿諾河　(Aron River) 在義大利中部，流經翡冷翠及比薩等城市，注入利鳩瑞安海，全長二百四十公里。

❼阿爾帕斯與五老峰　阿爾帕斯即阿爾卑斯山脈 (Alps)，綿亙於法、奧、義及瑞士諸國間，為歐洲之主要山幹。最高峰是白朗峰 (Blanc)，高四八一〇公尺。五老峰在江西廬山南部，五峰連綿似五位老人並肩，故名；為中國名勝之一。

❽雪西里與普陀山　雪西里 (Sicily) 在義大利南端，今譯作西西里，為地中海第一大島。產硫磺、岩鹽、穀類與各種水果。普陀山在浙江定海縣東海中，相傳是觀音菩薩說法處，為佛教聖地。全山氣候溫和，夏時可避暑。

❾萊因河與揚子江　萊因河 (Rhine River) 在歐洲西部，發源於瑞士境內的阿爾卑斯山。曲折向西北流，經德國、荷蘭而入北海，長一三二〇公里。沿途物產豐饒，人口密集，是德國的精華區。

❿梨夢湖與西子湖　梨夢湖 (Lac Léman) 即日內瓦湖 (Lake Geneva)，在瑞士西部，長七十二公里，寬一點五至十四公里，風景優美，遊客眾多。西子湖即西湖，在浙江杭州，四時風物清佳，以十景馳名中外。

⓫杭州西溪的蘆雪與威尼市夕照　西溪在浙江杭州靈隱山西北松木場。群山環繞，曲水迴環，初秋時，水濱蘆花盛放，最吸引遊人。威尼市 (Venice) 在義大利北部，臨亞得里亞海之威尼斯灣，在七十二島上，全市如浮水上，風景奇絕，有「水都」之稱。按：從以上五組對比的地名景觀中，可以看出志摩特地以一中一西的方式列舉，使人領悟自然美景無所不在，只要用心體會，就能打開你的性靈之眼。

⓬南鍼　指南針。

賞析

一九二五年三月至七月間，志摩到歐洲旅行。沿途所寫的遊記，輯為《歐遊漫錄》十五篇，〈翡冷翠山居閒話〉即是其中之一，作於七月間，記義大利中部古城翡冷翠（又譯：佛羅倫斯）的風光美景。

本文充滿「山居」的閒適心情，與「閒話」的「閒」字有相通的格調。在文章中，志摩並不刻意去寫翡冷翠的實際景色，他反而對旅遊的「遊興」大發議論。他告訴你，作客山中的妙處，就是隨興與自由，你不須煩惱穿什麼，也不必拘泥一些社交禮儀。你最好穿得寬鬆些、舒服些，最好穿上舊布鞋，才能到處走走看看。

更妙的是，他叫你不要約伴，尤其是年輕的女伴，「那是最危險最專制不過的旅伴」──不知道志摩為什麼這麼說，但可以猜想多情的志摩是躲不了這種危險又專制的「誘惑」，所以他堅持不要女伴。志摩的意思是，只許你獨自一人，因為當你有機會獨自閒逛，你才能實際領受自由與自在的滋味，才是你肉體和靈魂行動一致的時候。當你一個人漫遊，你可以盡情在青草地上坐臥打滾，也可以在林間小徑上翩翩起舞，多麼自在逍遙。志摩還說，連書都不許帶，因為大自然就是一部最偉大的書，等待你好好的去翻閱。

從這些叮嚀看，志摩可說是自助旅行的鼻祖！他教給我們「無所為而為」的旅遊態度，不為觀光「血拼」，也不是忙著照相作筆記，只是放下一切俗務，舒舒服服的享受山野間的陽光微風，傾聽溪流小唱，讓自己的體魄與性靈，「與自然同在一個脈搏裡跳動，同在一個音波裡起伏，同在一個神奇的宇宙裡自得」。

海灘上種花

朋友是一種奢華：且不說酒肉勢利，那是說不上朋友，真朋友是相知，但相知談何容易。你要打開人家的心，你先得打開你自己的，你要在你的心裡容納人家的心，你先得把你的心推放到人家的心裡去：這真心或真性情的相互的流轉，是朋友的祕密，是朋友的快樂。但這是說你內心的力量夠得到，性靈的活動有富餘，可以隨時開放，隨時往外流，像山裡的泉水，流向容得住你的同情的溝槽；有時你得冒險，你得化本錢，你得抵拚在巉岈的亂石間，觸刺的草縫裡耐心的尋路，那時候艱難，苦痛，消耗，在在是可能的，在你這水一般靈動，水一般柔順的尋求同情的心能找到平安欣快以前。

我所以說朋友是奢華；「相知」是寶貝，但得拏真性情的血本去換，去拚。因此我不敢輕易說話，因為我自己知道我的來源有限，十分的謹慎尚且不時有破產的恐懼；我不能隨便「化」。前天有幾位小朋友來邀我跟你們講話，他們的懇切折服了我，使我不得不從命，但是小朋友們，說也慚愧，我拏什麼來給你們呢？

我最先想來對你們說些孩子話，因為你們都還是孩子。但是那孩子的我到那裡去了？彷彿昨天我還是個孩子，今天不知怎的就變了樣。什麼是孩子要不為一點活潑的天真，但天真就比是泥土裡的嫩芽，天冷泥土硬就壓住了它的生機——這年頭問誰去要和暖的春風？

孩子是沒了。你記得的只是一個不清切的影子，麻糊得緊，我這時候想起就像是一個瞎子追念他自己的容貌，一樣的記不周全；他即使想急了拏一雙手到臉上去印下一個模子來，那模子也是個死的。真的沒了。一天在公園裡見一個小朋友不提多麼活動，一忽兒上山，一忽兒爬樹，一忽兒溜冰，一忽兒乾草裡打滾，要不然就跳著憨笑；我看著羨慕，也想學樣，跟他一起玩，但是不能，我是一個大人，身上穿著長袍，心裡存著體面，怕招人笑，天生的靈活換來矜持的存心——孩子，孩子是沒有的了，有的只是一個年歲與教育蛀空了的軀殼，死殭殭的，不自然的。

我又想找回我們天性裡的野人來對你們說話。因為野人也是接近自然的；我前幾年過印度時得到極刻心的感想，那裡的街道房屋以及土人的體膚容貌，生活的習慣，雖則簡，雖則陋，雖則不誇張，卻處處與大自然——上面碧藍的天，火熱的陽光，地下焦黃的泥土，高矗的椰樹——相調諧，情調，色彩，結構，看來有一種意義的一致，就比是一件完美的藝術的作品。也不知怎的，那天看了他們的街，街上的牛車，趕車的老頭露著他的赤光的頭顱與紫薑色的圓肚，他們的廟，廟裡的聖像與神座前的花，我心裡只是不自在，就彷彿這情景是一個熟悉的聲音的叫喚，叫你去跟著他，你的靈魂也何嘗不活跳跳的想答應一聲「好，我來了」，但是不能，又有礙路的擋著你，不許你回復這叫喚聲啟示給你的自由。困著你的是你的教育；我那時的難受就比是一條蛇擺脫不了困住他的一個硬性的外殼——野人也給壓住了，永遠出不來。

所以今天站在你們上面的我不再是融會自然的野人，也不是天機活靈的孩子：我只是一個「文明人」，我能說的只是「文明話」。但為什麼文明只是墮落？文明人的心裡只是種種虛榮的念頭，他到處忙不算，到處都得計較成敗。我怎麼能對著你們不感覺慚愧？不了解自然不僅是我的心，我的話也是的。並且我即使有話說也沒法表現，即使有思想也不能使你們了解；內裡那點子性靈就比是在一座石壁裡牢牢的砌住，一絲光亮都不透，就憑這雙眼望見你們，但有什麼法子可以傳達我的意思給你們，我已經忘卻了原來的語言，還有什麼話可說的？

但我的小朋友們還是逼著我來說謊（沒有話說而勉強說話便是謊）。知識，我不能給；要知識你們得請教教育家去，我這裡是沒有的。智慧，更沒有了：智慧是地獄裡的花果，能進地獄更能出地獄的才採得著智慧，不去地獄的便沒有智慧——我是沒有的。

*　*　*

我正發窘的時候，來了一個救星——就是我手裡這一小幅畫，等我來講道理給你們聽。這張畫是我的拜年片，一個朋友替我製的。你們看這個小孩子在海邊沙灘上獨自的玩，赤腳穿著草鞋，右手提著一枝花，使勁把它往沙裡栽；左手提著一把澆花的水壺，壺裡水點一滴滴的往下掉著。離著小孩不遠看得見海裡翻動著的波瀾。

你們看出了這畫的意思沒有？

在海沙裡種花。在海沙裡種花！那小孩這一番種花的熱心怕是白費的了。沙磧是養不活鮮花的，這幾點淡水是不能幫忙的；也許等不到小孩轉身，這一朵小花已經支不住陽光的逼迫，就得交卸他有限的生命，枯萎了去。況且那海水的浪頭也快打過來了，海浪沖來時不說這朵小小的花，就是大根的樹也怕站不住——所以這花落在海邊上是絕望的了，小孩這番力量準是白化的了。

你們一定很能明白這個意思。我的朋友是很聰明的，他拿這畫意來比我們一群獃子，樂意在白天裡做夢的獃子，滿心想在海沙裡種花的傻子。畫裡的小孩拿著有限的幾滴淡水想維持花的生命，我們一群夢人也想在現在比沙漠還要乾枯比沙灘更沒有生命的社會裡，憑著最有限的力量，想下幾顆文藝與思想的種子，這不是一樣的絕望，一樣的傻？想在海沙裡種花，想在海沙裡種花，多可笑呀！但我的聰明的朋友說，這幅小小畫裡的意思還不止此；諷刺不是它的目的。它要我們更深一層看。在我們看來海沙裡種花是傻氣，但在那小孩自己卻不覺得。他的思想是單純的，他的信仰也是單純的。他知道的是什麼？他知道花是可愛的，可愛的東西應得幫助他發長；他平常看見花草都是從地土裡長出來的，他看來海沙也只是地，為什麼海沙裡不能長花他沒有想到，也不必想到，他就知道拿花來栽，拿水去澆，只要那花在地上站直了他就歡喜，他就樂，他就會跳他的跳，唱他的唱，來讚美這美麗的生命，以後怎麼樣，海沙的性質，花的運命，他全管不著！我們知道小孩們怎樣的崇拜自然，他的身體雖則小，他的靈魂卻是大著，他的衣服也許髒，他的心可是潔淨的。

這裡還有一幅畫，這是自然的崇拜，你們看這孩子在月光下跪著拜一朵低頭的百合花，這時候他的心與月光一般的清潔，與花一般的美麗，與夜一般的安靜。我們可以知道到海邊上來種花那孩子的思想與這月下拜花的孩子的思想會得跪下的——單純，清潔，我們可以想像那一個孩子把花栽好了也是一樣來對著花膜拜祈禱——他能把花暫時栽了起來便是他的成功，此外以後怎麼樣不是他的事情了。

你們看這個象徵不僅美，並且有力量；因為它告訴我們單純的信心是創作的泉源——這單純的爛漫的天真是最永久最有力量的東西，陽光燒不焦他，狂風吹不倒他，海水沖不了他，黑暗掩不了他——地面上的花朵有被摧殘有消滅的時候，但小孩愛花種花這一點：「真」卻有的是永久的生命。

我們來放遠一點看。我們現有的文化只是人類在歷史上努力與犧牲的成績。為什麼人們肯努力肯犧牲？因為他們有天生的信心；他們的靈魂認識什麼是真什麼是善什麼是美，雖則他們的肉體與智識有時候會誘惑他們反著方向走路；但只要他們認明一件事情是有永久價值的時候，他們就自然的會得興奮，不期然的自己犧牲，要在這忽忽變動的聲色的世界裡，贖出幾個永久不變的原則的憑證來。耶穌為什麼不怕上十字架？密爾頓❶何以瞎了眼還要做詩？貝德花芬何以聾了還要製音樂？密仡郎其羅❷為什麼肯積受幾個月的潮濕不顧自己的皮肉與靴子連成一片的用心思，為的只是要解決一個小小的美術問題？為什麼永遠有人到冰洋盡頭雪山頂上去探險？為什麼科學家肯在顯微鏡底下或是數目字中間研究一般人眼看不到心想不通的道理消磨他一生的光陰？

為的是這些人道的英雄都有他們不可搖動的信心；像我們在海沙裡種花的孩子一樣，他們的思想是單純的——宗教家為善的原則犧牲，科學家為真的原則犧牲，藝術家為美的原則犧牲——這一切犧牲的結果便是我們現有的有限的文化。

你們想想在這地面上做事難道還不是一樣的傻氣——這地面還不與海沙一樣不容你生根；在這裡的事業還不是與鮮花一樣的嬌嫩？——潮水過來可以沖掉，狂風吹來可以折壞，陽光曬來可以薰焦我們小孩子手裡拿著往沙裡栽的鮮花，同樣的，我們文化的全體還不一樣有隨時可以沖掉折壞薰焦的可能嗎？巴比倫的文明現在那裡？碰研城曾經在地下埋過千百年，克利脫的文明直到最近五六十年間才完全發見。並且有時一件事實體的存在並不能證明他生命的繼續。這區區地球的本體就有一千萬個毀滅的可能。人們怕死不錯，我們怕死人，但最可怕的不是死的死人，是活的死人，單有軀殼生命沒有靈性生活是莫大的悲慘；文化也有這種情形，死的文化倒也罷了，最可憐的是勉強喘著氣的半死的文化。你們如其問我要例子，我就不遲疑的回答你說，朋友們，貴國的文化便是一個喘著氣的活死人！時候已經很久的了，自從我們最後的幾個祖宗為了不變的原則犧牲他們的呼吸與血液，為了不死的生命犧牲他們有限的存在，為了單純的信心遭受當時人的訕笑與侮辱。時候已經很久的了，自從我們最後聽見普遍的聲音像潮水似的充滿著地面。時候已經很久的了，自從我們最後看見強烈的光明像彗星似的掃掠過地面。時候已經很久的了，自從我們最後為某種主義流過火熱的鮮血。時候已經很久的了，自從我們的骨髓裡有膽量，我們的說話裡有分量。這是一個極傷心的反省！我真不知道這時代犯了什麼不可赦的大罪，上帝竟狠心的賞給我們這樣惡毒的刑罰？你看看去這年頭到那裡去找一個完全的男子或是一個完全的女子——你們去看去，這年頭那一個男子不是陽痿，那一個女子不是鼓脹！要形容我們現在受罪的時期，我們得發明一個比醜更醜比髒更髒比下流更下流比苟且更苟且比懦怯更懦怯的一類生字去！朋友們，真的我心裡常常害怕，害怕下回東風帶來的不是我們盼望中的春天，不是鮮花青草蝴蝶飛鳥，我怕他帶來一個比冬天更枯槁更悽慘更寂寞的死天——因為醜陋的臉子不配穿漂亮的衣服，我們這樣醜陋的變態的人心與社會憑什麼權利可以問青天要陽光，問地面要青草，問飛鳥要音樂，問花朵要顏色？你問我明天天會不會放亮？我回答說我不知道，竟許不！

歸根是我們失去了我們靈性努力的重心，那就是一個單純的信仰，一點爛漫的童真！不要說到海灘去種花——我們都是聰明人誰願意做傻瓜去——就是在你自己院子裡種花你都懶怕動手哪！最可怕的懷疑的鬼與厭世的黑影已經佔住了我們的靈魂！

所以朋友們，你們都是青年，都是春雷聲響不曾停止時破綻出來的鮮花，你們再不可墮落了——雖則陷阱的大口滿張在你的跟前，你不要怕，你把你的爛漫的天真倒下去，填平了它再往前走——你們要保持那一點的信心，這裡面連著來的就是精力與勇敢與靈感——你們要不怕做小傻瓜，儘量在這人道的海灘邊種你的鮮花去——花也許會消滅，但這種花的精神是不爛的！

（一九二五年）

注釋

❶密爾頓 (John Milton, 1608–1674) 又譯米爾頓，英國詩人。出身清教徒家庭，受學於劍橋基

督教學院，精通希臘文、拉丁文。一六四九年，任共和國國會秘書，辯才冠絕一時。約在四十四歲時因勞累失明而退隱，此後二十年專致力於詩。名作〈失樂園〉、〈復樂園〉、〈參孫鬥力〉等皆為巨作。

❷密佗郎其羅 (Buonarroti Michelangelo, 1475–1564) 即米開朗基羅，義大利畫家、雕刻家、建築家及詩人，與達文西、拉斐爾並稱文藝復興時期之三傑。生於佛羅倫斯旺族。二十一歲以後，歷遊羅馬，為教皇裝飾宮殿，後任聖彼得寺建築主任。其著名作品有〈最後之審判〉壁畫、聖族暨西斯丁院的天花板畫，以及雕刻〈大衛像〉、〈晝與夜〉、〈黎明與黃昏〉等。

賞析

本文作於一九二五年，係志摩向青年朋友說的一席話，鼓勵青年人要保有孩童的純真，要有「海灘上種花」的浪漫精神。

文章分為兩部分，前半部說明答應為這些「小朋友」（青年學子）說一些話的經過，後半部才進入正題，藉一張畫片的內容，為這些「小朋友」詮釋「海灘上種花」的精神。前後文並非完全沒有關聯，前半部提到孩童的天真、野人的自然，其實是後文的伏筆，後文中在沙灘上種花的小孩，正是志摩要勉勵大家學習的對象。

志摩的文章開頭常有天馬行空之姿，但才氣縱橫的他，又能夠靈活運轉，把思路帶回主題。本文一開始說的是「朋友」的定義，起句「朋友是一種奢華」，看來頗玄妙，直教人摸不著頭緒。經過志摩的解說，才了解原來是指知音難覓，你要尋找知己，還得要自己內心的力量是富足的，你才能敞開胸懷去表達自己；有時你必須冒險，甚至花一點「本錢」，你才能尋找到真正的朋友。這個「本錢」，不是世俗的金錢，而是「真性情的血本」，你敢和別人交心，毫無保留，為朋友兩肋插刀，完全無私的奉獻，你才算是個真正的朋友，才能找到真正的朋友。

這的確是很奢侈的事。有誰可以做到這麼多，而且決不後悔？

連志摩都自謙他的資本有限，不敢隨便付出，以免超出負荷而破產。

志摩這麼說，當然也是因為這次演講而說客套話，表示他實在沒有資格為青年朋友說什麼，是青年朋友熱情邀約，他才勉強答應——這才回到文章的主題；志摩「跑野馬」的功夫可見一斑。

本文以一張賀年片的圖畫，帶出「海灘上種花」的浪漫精神。關於這幅畫，志摩提供了幾種觀賞的角度，也產生不同的解讀。大多數的人會說，在沙灘上種花是白費精神，根本是傻子做的事。但志摩的用意是要我們從另一個角度思考，從那畫中孩童認真的眼神，點出了「這單純的爛漫的天真是最永久最有力量的東西」。志摩又引申，孩童眼中的花是美的，所以他要努力培土、栽種與灌溉，他並不去理會海浪一直侵蝕著他的成果；他的單純與童真，使他產生無比的信心——而這正是成年人所欠缺的。連帶的，整個中國的社會也在急遽墮落，卻沒有人有「海灘上種花」的精神，文章到最後兩段，志摩忍不住大聲疾呼。所以最後他勉勵青年朋友：「你們要不怕做小傻瓜，儘量在這人道的海灘邊種你的鮮花去——花也許會消滅，但這種花的精神是不爛的！」

吸煙與文化

一

牛津❶是世界上名聲壓得倒人的一個學府。牛津的祕密是它的導師制。導師的祕密，按利卡克❷教授說，是「對準了他的徒弟們抽煙」。真的在牛津或康橋地方要找一個不吸煙的學生是很費事的——先生更不用提。學會抽煙，學會沙發上古怪的坐法，學會半吞半吐的談話——大學教育就夠格兒了。「牛津人」，「康橋人」，還不彀斗❸嗎？我如其有錢辦學堂的話，利卡克說，第一件事情我要做的是造一間吸煙室，其次造宿舍，再次造圖書室；真要到了有錢沒地方化的時候再來造課堂。

二

怪不得有人就會說，原來英國學生就會吃煙，就會懶惰。臭紳士的架子！臭架子的紳士！難怪我們這年頭背心上刺刺的老不舒服，原來我們中間也來了幾個叫土巴菰❹煙臭薰出來的破紳士！

這年頭說話得謹慎些。提起英國就犯嫌疑。貴族主義！帝國主義！走狗！挖個坑埋了他！

實際上事情可不這麼簡單。侵略，壓迫，該咒是一件事，別的事情可不跟著走。至少我們得承認英國，就它本身說，是一個站得住的國家，英國人是有出息的民族。它的是有組織的生活，它的是有活氣的文化。我們也得承認牛津或是康橋至少是一個十分可羨慕的學府，它們是英國文化生活的娘胎。多少偉大的政治家，學者，詩人，藝術家，科學家，是這兩個學府的產兒——煙味兒給薰出來的。

三

利卡克的話不完全是俏皮話。「抽煙主義」是值得研究的。但吸煙室究竟是怎麼一回事？煙斗裡如何抽得出文化真髓來？對準了學生抽煙怎樣是英國教育的祕密？利卡克先生沒有描寫牛津康橋生活的真相；他只這麼說，他不曾說出一個所以然來。

許有人願意聽聽的，我想。我也叫名在英國念過兩年書，大部分的時間在康橋。但嚴格的說，我還是不夠資格的。我當初並不是像我的朋友溫源寧❺先生似的出了大金鎊正式去請教薰煙的：我只是個，比方說，烤小半熟的白薯，離著焦味兒透香還正遠哪。但我在康橋的日子可真是享福，深怕這輩子再也得不到那樣蜜甜的機會了。我不敢說康橋給了我多少學問或是教會了我什麼。我不敢說受了康橋的洗禮，一個人就會變氣息，脫凡胎。我敢說的只是——就我個人說，我的眼是康橋教我睜的，我的求知慾是康橋給我撥動的，我的自我的意識是康橋給我胚胎的。我在美國有整兩年，在英國也算是整兩年。在美國我忙的是上課，聽講，寫考卷，嚼象皮糖，看電影，賭咒。在康橋我忙的是散步，划船，騎自轉車，抽煙，閒談，喫五點鐘茶牛油烤餅，看閒書。如其我到美國的時候是一個不含糊的草包，我離開自由神的時候也還是那原封沒有動；但如其我在美國時候不曾通竅，我在康橋的日子至少自己明白了原先只是一肚子顢頇。這分別不能算小。

我早想談談康橋，對它我有的是無限的柔情。但我又怕褻瀆了它似的始終不曾出口。這年頭！只要貴族教育一個無意識的口號就可以把牛頓❻，達爾文❼，米爾頓，拜倫，華滋華斯，阿諾爾德❽，紐門❾，羅刹蒂❿，格蘭士頓⓫等等所從來的母校一下抹煞。再說年來交通便利了，各式各種日新月異的教育原理教育新制翩翩的從各方向的外洋飛到中華，那還容得廚房老過四百年牆壁上爬滿騷鬍髭一類藤蘿的老書院一起來上講壇？

四

但另換一個方向看去，我們也見到少數有見地的人，再也看不過國內高等教育的混沌現象，想跳開了蹂爛的道兒，回頭另尋新路走去。向外望去，現成有牛津康橋青藤繚繞的學院招著你微笑；回頭望去，五老峰下飛泉聲中白鹿洞⑫一類的書院瞅著你惆悵。這浪漫的思鄉病跟著現代教育醜化的程度在少數人的心中一天深似一天。這機械性買賣性的教育夠膩煩了，我們說。我們也要幾間滿沿著爬山虎的高雪克屋子⑬來安息我們的靈性，我們說。我們也要一個絕對閒暇的環境好容我們的心智自由的發展去，我們說。

林玉堂⑭先生在《現代評論》登過一篇文章談他的教育的理想。新近任叔永⑮先生與他的夫人陳衡哲⑯女士也發表了他們的教育的理想。林先生的意思約莫記得是想倣效牛津一類學府，陳任兩位是要恢復書院制的精神。這兩篇文章我認為是很重要的，尤其是陳任兩位的具體提議，但因為開倒車走回頭路分明是不合時宜，他們幾位的意思並不曾得到期望的回響。想來現在的學者們太忙了，尋飯吃的，做官的，當革命領袖的，誰都不得閒，誰都不願閒，結果當然沒有人來關心什麼純粹教育（不含任何動機的學問）或是人格教育。這是個可憾的現象。

我自己也是深感這浪漫的思鄉病的一個；我只要：

「草青人遠，

一流冷澗……」

但我們這想望的境界有容我們達到的一天嗎？

十五年一月十四日（一九二六年）

注釋

❶牛津　(University of Oxford) 指牛津大學，英國著名大學，與劍橋大學齊名。十二世紀時，英國牛津地方曾有數所學校，亨利二世時代（一一五四—一八九）將這些學校合併而成為大學，當時僅次於歐洲大陸之波塞隆那大學與巴黎大學。

❷利卡克　其人不詳。楊牧認為或許是經濟學者、幽默作家 Stephen Butler Leacock

(1869–1944)。參見楊牧編校：《徐志摩散文選》，頁二五九。

❸ 彀斗　夠大。彀，同「夠」，滿足。斗，大。或通「抖」，俗語說一個人得志的樣子叫「抖起來」。這句話是說「牛津人」、「康橋人」這樣的名聲還不夠響亮嗎？還不夠格稱為大學生、文化人嗎？

❹ 土巴菰　(tobacco) 香煙的音譯。

❺ 溫源寧　當時的北京大學英文系主任。

❻ 牛頓　(Sir Isaac Newton, 1642–1727) 英國數學家兼物理學家，授爵士學位。發明二項定理、微分法及積分法。因見蘋果掉落，發現萬有引力定律，並確定運動三定律，為近世力學之基礎。對光學與天文學也很有貢獻。

❼ 達爾文　(Charles Darwin, 1809–1882) 英國生物學家，首先提出「進化論」，「適者生存，不適者淘汰」之說對後世影響甚巨。

❽ 阿諾爾德　(Matthew Arnold, 1822–1888) 通譯阿諾德，英國詩人、批評家，曾任牛津大學教授。

❾ 紐門　(John Henry Newman, 1801–1890) 通譯紐曼，英國基督教聖公會教徒，後改信天主教，成為天主教會領導人，發表過一批短文、演講和佈道詞，一八七九年被任命為樞機主教。

❿ 羅刹蒂　(Dante Gabriel Rossetti, 1828–1882) 英國畫家、詩人，早期作品以宗教為題材，如〈聖母領報〉，後期風格則轉向世俗華麗。《民謠及十四行詩集》錄了他最佳的詩歌作品。

⓫格蘭士頓　其人不詳。
⓬白鹿洞　即白鹿洞書院。在江西廬山五老峰西南，原為唐代李渤隱居讀書處，南唐時建立學館，稱廬山國學。宋太宗時改名白鹿洞書院，有生徒數千人，為當時四大書院之一。南宋時，朱熹曾講學於此。
⓭高雪克屋子　通稱歌德式(Gothic)建築，以尖頂拱門為特色。
⓮林玉堂　(一八九五—一九七六)即林語堂，作家，早年留學美國和德國，當時在北京大學、北京女子師範大學任教。林氏精通英文，文章風格幽默，著有《生活的藝術》、《京華煙雲》、《蘇東坡傳》等。
⓯任叔永　(一八八六—一九六一)即任鴻雋，早年參加同盟會，曾留學日本、美國，一九二〇年代任教於北京大學、南京東南大學等校。
⓰陳衡哲　(一八九三—一九七六)作家，筆名莎菲，早年留學美國，當時在北京大學任教。

賞析

本文作於一九二六年，從英國牛津、康橋(劍橋)大學的人文氛圍談起，最後聯想中國古代的書院，代表志摩心中理想的文化生活。

本文共四部分，第一部分寫牛津、康橋師生的吸煙風氣，利卡克教授的話說得理直氣壯的，還真有點兒叫人想問個究竟。於是，第二部分一開始，志摩早料到一般人的反應，他乾脆先罵起英國派的紳士，然後再為他們辯解：「有活氣的文化」、「多少偉大的政治家，學者，詩人，藝術家，科學家，是這兩個學府的產兒——煙味兒給薰出來的。」這些，在第三部分都繼續加強說明，而且以自己留學美英兩國作比較，更有說服力。最後一部分，志摩提出回復古代書院的教育環境，並且以林玉堂（林語堂），任叔永、陳衡哲夫婦的文章為旁證。他擔心的是，現在的學者忙著做官發財，誰來關心純粹教育、人格教育？

從本文可了解志摩的教育理念與人文理想。他不贊成美國式的上課、聽講、考試、嚼口香糖、看電影、賭咒的教育和生活，他認為這只是個「不含糊的草包」，個人的性靈思想根本沒開竅。只有在散步、划船、騎單車、抽煙、閒談、看閒書的英國式文化氛圍中，他的心靈之眼才被打開，求知慾和自我意識才被啟發出來。兩相比較下，前者是制度化的、功利取向的，而後者則是較隨意的、自由的，一切都要你自己親身去體驗感受，開發、尋找自己想要的知識和智慧。

當然，文化是長遠的累積，牛津、康橋之所以有今天的盛名，也是歷來師生共同努力的成果，可不是設個吸煙室就算了。在閒聊、看閒書中，人們廣泛吸收知識，有著「以文會友」的意味；又如在散步時，留給自己思考的時間與空間，沉澱心中雜念，相信必然有所收穫。

我所知道的康橋

一

我這一生的周折，大都尋得出感情的線索。不論別的，單說求學。我到英國是為要從羅素❶。羅素來中國時，我已經在美國。他那不確的死耗傳到的時候，我真的出眼淚不夠，還做悼詩來了。他沒有死，我自然高興。我擺脫了哥倫比亞大學博士銜的引誘，買船票過大西洋，想跟這位二十世紀的福祿泰爾❷認真念一點書去。誰知一到英國才知道事情變樣了：一為他在戰時主張和平，二為他離婚，羅素叫康橋給除名了，他原來是 Trinity College 的 fellow❸，這來他的 fellowship 也給取銷了。他回英國後就在倫敦住下，夫妻兩人賣文章過日子。因此我也不曾遂我從學的始願。我在倫敦政治經濟學院裡混了半年，正感著悶想換路走的時候，我認識了狄更生❹

先生。狄更生—— Goldsworthy Lowes Dickinson ——是一個有名的作者，他的《一個中國人通信》(*Letters from John Chinaman*)與《一個現代聚餐談話》(*A Modern Symposium*)兩本小冊子早得了我的景仰。我第一次會著他是在倫敦國際聯盟協會席上，那天林宗孟❺先生演說，他做主席；第二次是宗孟寓裡喫茶，有他。以後我常到他家裡去。他看出我的煩悶，勸我到康橋去，他自己是王家學院(King's College)的fellow。我就寫信去問兩個學院，回信都說學額早滿了，隨後還是狄更生先生替我去在他的學院裡說好了，給我一個特別生的資格，隨意選科聽講。從此黑方巾黑披袍的風光也被我佔著了。初起我在離康橋六英里的鄉下叫沙士頓地方租了幾間小屋住下，同居的有我從前的夫人張幼儀❻女士與郭虞裳❼君。每天一早我坐街車(有時自行車)上學，到晚回家。這樣的生活過了一個春，但我在康橋還只是個陌生人，誰都不認識，康橋的生活，可以說完全不曾嘗著，我知道的只是一個圖書館，幾個課室，和三兩個吃便宜飯的茶食鋪子。狄更生常在倫敦或是大陸上，所以也不常見他。那年的秋季我一個人回到康橋，整整有一學年，那時我才有機會接近真正的康橋生活，同時我也慢慢的「發現」了康橋。我不曾知道過更大的愉快。

二

「單獨」是一個耐尋味的現象。我有時想它是任何發現的第一個條件。你要發現你的朋友的「真」，你得有與他單獨的機會。你要發現你自己的真，你得給你自己一個單獨的機會。你要發現一個地方（地方一樣有靈性），你也得有單獨玩的機會。我們這一輩子，認真說，能認識幾個人？能認識幾個地方？我們都是太匆忙，太沒有單獨的機會。說實話，我連我的本鄉都沒有什麼了解。康橋我要算是有相當交情的，再次許只有新認識的翡冷翠了。啊，那些清晨，那些黃昏，我一個人發痴似的在康橋！絕對的單獨。

但一個人要寫他最心愛的對象，不論是人是地，是多麼使他為難的一個工作？你怕，你怕描壞了它，你怕說過分了惱了它，你怕說太謹慎了辜負了它。我現在想寫康橋，也正是這樣的心理，我不曾寫，我就知道這回是寫不好的——況且又是臨時逼出來的事情。但我卻不能不寫，上期預告已經出去了。我想勉強分兩節寫，一是我所知道的康橋的天然景色，一是我所知道的康橋的學生生活。我今晚只能極簡單的寫些，等以後有興會時再補。

三

康橋的靈性全在一條河上；康河，我敢說，是全世界最秀麗的一條水。河的名字是葛蘭太(Granta)，也有叫康河(River Cam)的，許有上下流的區別，我不甚清楚。河身多的是曲折，上游是有名的拜倫潭(Byron's Pool)，當年拜倫常在那裡玩的；有一個老村子叫格蘭騫斯德，有一個果子園，你可以躺在纍纍的桃李樹蔭下喫茶，花果會掉入你的茶杯，小雀子會到你桌上來啄食，那真是別有一番天地。這是上游；下游是從騫斯德頓下去，河面展開，那是春夏間競舟的場所。上下河分界處有一個壩築，水流急得很，在星光下聽水聲，聽近村晚鐘聲，聽河畔倦牛芻草聲，是我康橋經驗中最神祕的一種：大自然的優美，寧靜，調諧在這星光與波光的默契中不期然的淹入了你的性靈。

但康河的精華是在它的中游，著名的"Backs"，這兩岸是幾個最蜚聲的學院的建築。從上面下來是Pembroke, St. Katharine's, King's, Clare, Trinity, St. John's。最令人留連的一節是克萊亞與王家學院的毗連處，克萊亞的秀麗緊鄰著王家教堂(King's Chapel)的閎偉。別的地方儘有更美更莊嚴的建築，例如巴黎賽因河的羅浮宮❽一帶，威尼斯的利阿爾多大橋的兩岸，翡冷翠維基烏大橋的周遭；但康橋的"Backs"自有它的特長，這不容易用一二個狀詞來概括，它那脫盡塵埃氣的一種清澈秀逸的意境可說是超出了畫圖而化生了音樂的神味。再沒有比這一群建築更調諧更勻稱的了！論畫，可比的許只有柯羅❾(Corot)的田野；論音樂，可比的許只有蕭班❿(Chopin)的夜曲。就這也不能給你依稀的印象，它給你的美感簡直是神靈性的一種。

假如你站在王家學院橋邊的那棵大椈樹蔭下眺望，右側面，隔著一大方淺草坪，是我們的校友居(Fellows' Building)，那年代並不早，但它的嫵媚也是不可掩的，它那蒼白的石壁上春夏間滿綴著豔色的薔薇在和風中搖顫；更移左是那教堂，森林似的尖閣不可浼的永遠直指著天空；更左是克萊亞，阿！那不可信的玲瓏的方庭，誰說這不是聖克萊亞(St. Clare)的化身，那一塊石上不閃耀著她當年聖潔的精神？在克萊亞後背隱約可辨的是康橋最潢貴最驕縱的三清學院(Trinity)，它那臨河的圖書樓上坐鎮著拜倫神采驚人的雕像。

但這時你的注意早已叫克萊亞的三環洞橋魔術似的攝住。你見過西湖白隄上的西泠斷橋不是？(可憐它們早已叫代表近代醜惡精神的汽車公司給踩平了，現在它們跟著蒼涼的雷峰永遠辭別了人間。)你忘不了那橋上斑駁的蒼苔，木柵的古色，與那橋拱下洩露的湖光與山色不是？克萊亞並沒有那樣體面的襯托，它也不比廬山棲賢寺旁的觀音橋，上瞰五老的奇峰，下臨深潭與飛瀑；它只是怯伶伶的一座三環洞的小橋，它那橋洞間也只掩映著細紋的波鱗與婆娑的樹影，它那橋上櫛比的小穿闌與闌節頂上雙雙的白石球，也只是村姑子頭上不誇張的香草與野花一類的裝飾；但你凝神的看著，更凝神的看著，你再反省你的心境，看還有一絲屑的俗念沾滯不？只要你審美的本能不曾汩滅時，這是你的機會實現純粹美感的神奇！

但你還得選你賞鑑的時辰。英國的天時與氣候是走極端的。冬天是荒謬的壞，逢著連綿的霧盲天你一定不遲疑的甘願進地獄本身去試試；春天（英國是幾乎沒有夏天的）是更荒謬的可愛，尤其是它那四五月間最漸緩最豔麗的黃昏，那才真是寸寸黃金。在康河邊上過一個黃昏是一服靈魂的補劑。阿！我那時蜜甜的單獨，那時蜜甜的閒暇。一晚又一晚的，只見我出神似的倚在橋闌上向西天凝望：

看一回凝靜的橋影，
數一數螺鈿的波紋；
我倚暖了石闌的青苔，

青苔涼透了我的心坎……
還有幾句更笨重的怎能彷彿那游絲似輕妙的情景。
難忘七月的黃昏，遠樹凝寂，
像墨潑的山形，襯出輕柔暝色，
密稠稠，七分鵝黃，三分橘綠，
那妙意祇可去秋夢邊緣捕捉……

四

這河身的兩岸都是四季常青最蔥翠的草坪。從校友居的樓上望去，對岸草場上，不論早晚，永遠有十數匹黃牛與白馬，脛蹄沒在恣蔓的草叢中，從容的在咬嚼，星星的黃花在風中動盪，應和著它們尾鬃的掃拂。橋的兩端有斜倚的垂柳與椈蔭護住。水是徹底的清澄，深不足四尺，勻勻的長著長條的水草。這岸邊的草坪又是我的愛寵，在清朝，在傍晚，我常去這天然的織錦上坐地，有時讀書，有時看水；有時仰臥著看天空的行雲，有時反仆著摟抱大地的溫軟。

但河上的風流還不止兩岸的秀麗。你得買船去玩。船不止一種：有普通的雙槳划船，有輕快的薄皮舟(canoe)，有最別緻的長形撐篙船(punt)。最末的一種是別處不常有的：約莫有二丈長，三尺寬，你站直在船梢上用長竿撐著走的。這撐是一種技術。我手腳太蠢，始終不曾學會。你初起手嘗試時，容易把船身橫住在河中，東顛西撞的狼狽。英國人是不輕易開口笑人的，但是小心他們不出聲的皺眉！也不知有多少次河中本來優閒的秩序叫我這莽撞的外行給搗亂了。我真的始終不曾學會；每回我不服輸跑去租船再試的時候，有一個白鬍子的船家往往帶譏諷的對我說：「先生，這撐船費勁，天熱累人，還是拏個薄皮舟溜溜吧！」我那裡肯聽話，長篙子一點就把船撐了開去，結果還是把河身一段段的腰斬了去！

你站在橋上去看人家撐，那多不費勁，多美！尤其在禮拜天有幾個專家的女郎，穿一身縞素衣服，裙裾在風前悠悠的飄著，戴一頂寬邊的薄紗帽，帽影在水草間顫動，你看她們出橋洞時的姿態，撚起一根竟像沒分量的長竿，只輕輕的，不經心的往波心裡一點，身子微微的一蹲，這船身便波的轉出了橋影，翠條魚似的向前滑了去。她們那敏捷，那閒暇，那輕盈，真是值得歌詠的。

在初夏陽光漸煖時你去買一支小船，划去橋邊蔭下躺著念你的書或是做你的夢，槐花香在水面上飄浮，魚群的唼喋聲在你的耳邊挑逗。或是在初秋的黃昏，近著新月的寒光，望上流僻靜處遠去。愛熱鬧的少年們攜著他們的女友，在船沿上支著雙雙的東洋綵紙燈，帶著話匣子，船心裡用軟墊鋪著，也開向無人跡處去享他們的野福——誰不愛聽那水底翻的音樂在靜定的河上描寫夢意與春光！

住慣城市的人不易知道季候的變遷。看見葉子掉知道是秋，看見葉子綠知道是春；天冷了裝爐子，天熱了拆爐子；脫下棉袍，換上夾袍，脫下夾袍，穿上單袍：不過如此罷了。天上星斗的消息，地下泥土裡的消息，空中風吹的消息，都不關我們的事。忙著哪，這樣那樣事情多著，誰耐煩管星星的移轉，花草的消長，風雲的變幻？同時我們抱怨我們的生活，苦痛，煩悶，拘束，枯燥，誰肯承認做人是快樂？誰不多少咒詛人生？

但不滿意的生活大都是由於自取的。我是一個生命的信仰者，我信生活決不是我們大多數人僅僅從自身經驗推得的那樣暗慘。我們的病根是在「忘本」。人是自然的產兒，就比枝頭的花與鳥是自然的產兒；但我們不幸是文明人，入世深似一天，離自然遠似一天。離開了泥土的花草，離開了水的魚，能快活嗎？能生存嗎？從大自然，我們取得我們的生命；從大自然，我們應該取得我們繼續的資養。那一株婆娑的大木沒有盤錯的根柢深入在無盡藏的地裡？我們是永遠不能獨立的。有幸福是永遠不離母親撫育的孩子，有健康是永遠接近自然的人們。不必一定與鹿豕遊，不必一定回「洞府」去；為醫治我們當前生活的枯窘，只要「不完全遺忘自然」一張輕淡的藥方我們的病象就有緩和的希望。在青草裡打幾個滾，到海水裡洗幾次浴，到高處去看幾次朝霞與晚照——你肩背上的負擔就會輕鬆了去的。

這是極膚淺的道理，當然。但我要沒有過過康橋的日子，我就不會有這樣的自信。我這一輩子就只那一春，說也可憐，算是不曾虛度。就只那一春，我的生活是自然的，是真愉快的(雖則碰巧那也是我最感受人生痛苦的時期)！我那時有的是閒暇，有的是自由，有的是絕對單獨的機會。說也奇怪，竟像是第一次，我辨認了星月的光明，草的青，花的香，流水的殷勤。我能忘記那初春的睥睨嗎？曾經有多少個清晨我獨自冒著冷去薄霜鋪地的林子裡閒步——為聽鳥語，為盼朝陽，為尋泥土裡漸次蘇醒的花草，為體會最微細最神妙的春信。阿，那是新來的畫眉在那邊凋不盡的青枝上試它的新聲！阿，這是第一朵小雪球花掙出了半凍的地面！阿，這不是新來的潮潤沾上了寂寞的柳條？

靜極了，這朝來水溶溶的大道，只遠處牛奶車的鈴聲，點綴這周遭的沉默。順著這大道走去，走到盡頭，再轉入林子裡的小徑，往煙霧濃密處走去，頭頂是交枝的榆蔭，透露著漠楞楞的曙色；再往前走去，走盡這林子，當前是平坦的原野，望見了村舍，初青的麥田；更遠三兩個饅形的小山掩住了一條通道，天邊是霧茫茫的，尖尖的黑影是近村的教寺。聽，那曉鐘和緩的清音。這一帶是此邦中部的平原，地形像是海裡的輕波，默沉沉的起伏；山嶺是望不見的，有的是常青的草原與沃腴的田壤。登那土阜上望去，康橋只是一帶茂林，擁戴著幾處娉婷的尖閣。嫵媚的康河也望不見蹤跡，你只能循著那錦帶似的林木想像那一流清淺。村舍與樹林是這地盤上的棋子，有村舍處有佳蔭，有佳蔭處有村舍。這早起是看炊煙的時辰：朝霧漸漸的升起，揭開了這灰蒼蒼的天幕（最好是微霰後的光景），遠近的炊煙，成絲的，成縷的，成捲的，輕快的，遲重的，濃灰的，淡青的，慘白的，在靜定的朝氣裡漸漸的上騰，漸漸的不見，彷彿是朝來人們的祈禱，參差的翳入了天聽。朝陽是難得見的，這初春的天氣；但它來時是起早人莫大的愉快。頃刻間這田野添深了顏色，一層輕紗似的金粉糝上了這草，這樹，這通道，這莊舍。頃刻間這周遭瀰漫了清晨富麗的溫柔。頃刻間你的心懷也分潤了白天誕生的光榮。春！這勝利的晴空彷彿在你的耳邊私語。春！你那快活的靈魂也彷彿在那裡回響。

伺候著河上的風光，這春來一天有一天的消息：關心石上的苔痕，關心敗草裡的花鮮，關心這水流的緩急，關心水草的滋長，關心天上的雲霞，關心新來的鳥語。怯怜怜的小雪球是探春信的小使。鈴蘭與香草是歡喜的初聲。窈窕的蓮馨，玲瓏的石水仙，愛熱鬧的克羅克斯，耐辛苦的蒲公英與雛菊——這時候春光已是縵爛在人間，更不須殷勤問訊。

瑰麗的春放。這是你野遊的時期。可愛的路政，這裡不比中國，那一處不是坦蕩蕩的大道？徒步是一個愉快，但騎自轉車⓫是一個更大的愉快。在康橋騎車是普遍的技術；婦人，稚子，老翁，一致享受這雙輪舞的快樂（在康橋聽說自轉車是不怕人偷的，就為人人都自己有車，沒人要偷）。任你選一個方向，任你上一條通道，順著這帶草味的和風，放輪遠去，保管你這半天的逍遙是你性靈的補劑。這道上有的是清蔭與美草，隨地都可以供你休憩。你如愛花，這裡多的是錦繡似的草原。你如愛鳥，這裡多的是巧囀的鳴禽。你如愛兒童，這鄉間到處是可親的稚子。你如愛人情，這裡多的是不嫌遠客的鄉人，你到處可以「掛單⓬」借宿，有酪漿與嫩薯供你飽餐，有奪目的果鮮恣你嘗新。你如愛酒，這鄉間每「望⓭」都為你儲有上好的新釀，黑啤如太濃，蘋果酒薑酒都是供你解渴潤肺的⋯⋯帶一卷書，走十里路，選一塊清靜地，看天，聽鳥，讀書，倦了時，和身在草綿綿處尋夢去——你能想像更適情更適性的消遣嗎？

陸放翁有一聯詩句：「傳呼快馬迎新月，卻上輕輿趁晚涼⓮。」這是做地方官的風流。我在康橋時雖沒馬騎，沒轎子坐，卻也有我的風流：我常常在夕陽西曬時騎了車迎著天邊扁大的日頭直追。日頭是追不到的，我沒有夸父⓯的荒誕，但晚景的溫存卻被我這樣偷嘗了不少。有三兩幅畫圖似的經驗至今還是栩栩的留著。只說看夕陽，我們平常只知道登山或是臨海，但實際只須遼闊的天際，平地上的晚霞有時也是一樣的神奇。有一次我趕到一個地方，手把著一家村莊的籬笆，隔著一大田的麥浪，看西天的變幻。有一次是正衝著一條寬廣的大道，過來一大群羊，放草歸來的，偌大的太陽在它們後背放射著萬縷的金輝，天上卻是烏青青的，只賸這不可逼視的威光中的一條大路，一群生物！我心頭頓時感著神異性的壓迫，我真的跪下了，對著這冉冉漸翳的金光。再有一次是更不可忘的奇景，那是臨著一大片望不到頭的草原，滿開著豔紅的罌粟，在青草裡亭亭的像是萬盞的金燈，陽光從褐色雲裡斜著過來，幻成一種異樣的紫色，透明似的不可逼視，剎那間在我迷眩了的視覺中，這草田變成了……不說也罷，說來你們也是不信的！

一別二年多了，康橋，誰知我這思鄉的隱憂？也不想別的，我只要那晚鐘撼動的黃昏，沒遮攔的田野，獨自斜倚在軟草裡，看第一個大星在天邊出現！

十五年一月十五日（一九二六年）

注釋

❶羅素（Bertrand Russell, 1872–1970）英國哲學家及數學家。受學於劍橋大學三一學院，任母校論理學與數學原理講師。一九〇八年，被選為皇家學會會員。歐戰時因反戰受政府責罰，下獄六個多月。一九二〇年曾到中國講學，頗獲好評。一九五〇年獲諾貝爾獎。著有《哲學問題》、《哲學中之科學方法》、《社會改革原理》、《政治理想》等。志摩深受其影響。

❷福祿泰爾（Jean Fracois Marie Arouet Voltaire, 1694–1778）法國革命前的大思想家，當時與羅素齊名。

❸Trinity College 的 fellow　三一學院的評議員。

❹狄更生（G. L. Dickinson, 1861–1932）劍橋王家學院院友，介紹志摩轉學至劍橋大學。提倡古希臘式的生活，尊崇老子，仰慕歌德、雪萊等浪漫派作家，熱衷政治改革，對志摩有深遠的影響。

❺林宗孟　即林長民，畢業於日本早稻田大學，晚清立憲派人士，辛亥革命後曾任司法總長。

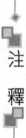

一九二一年攜女徽音至英國，因與志摩相識，為忘年交。回國後亦過從甚密，同為新月社創辦人。林氏卒後，志摩撰〈傷雙栝老人〉紀念。

❻張幼儀　志摩的元配夫人。名嘉玢，張君勱之妹。十八歲時與志摩結婚，隨後亦至倫敦與志摩團聚。兩人離婚後，幼儀居留德國求學，回國後創辦上海女子商業儲蓄銀行。一九四九年後居香港，與蘇季子相識，一九五三年兩人結婚。晚年居住美國，於一九八三年逝世。

❼郭虞裳　志摩的朋友。

❽羅浮宮　(Louvre) 坐落在法國巴黎的國家藝術博物館，為世界上收藏最精美藝術品的博物館之一。原為一五四六年法蘭西斯一世修建的王宮，後世君王陸續加以增建。其最大的畫廊在一七九三年對外開放。

❾柯羅　(Camille Corot, 1796–1875) 法國風景畫家，生、卒於巴黎。有〈跳舞的女神〉畫作藏於巴黎羅浮宮。

❿蕭班　(Frédéric Francois Chopin, 1810–1849) 通譯為蕭邦，波蘭浪漫樂派巨匠，父親為法國人。幼習鋼琴，八歲當眾演奏。歷遊歐洲各國，後遭亡國之痛，作〈革命練習曲〉等，深情動人。二十七歲，與女小說家喬治桑談戀愛。後患肺病，失戀抑鬱而亡。蕭邦所作樂曲，風格溫厚醇正，旋律動人，富有詩意，有「鋼琴詩人」之譽，為巴哈之後，第一鋼琴家。又作曲加標題，為後世標題樂派之先驅。

⓫自轉車　自行車、腳踏車、單車。

⑫掛單　借宿。

⑬望　望子，俗稱幌子，為酒帘，指酒店的招牌。

⑭傳呼快馬迎新月，卻上輕輿趁晚涼　出自南宋詩人陸游（自號放翁）〈醉中到白崖而歸〉詩，原作文字為：「傳呼快馬迎新月，卻上輕輿御晚風。」

⑮夸父　中國神話人物，出自《山海經》。相傳夸父追日，道渴而死。故事荒誕，因此有「夸父追日，自不量力」的俗語。但其征服自然的意志，仍然可佩。

賞析

就像〈再別康橋〉這首詩一樣，〈我所知道的康橋〉這篇散文也是志摩的名作。若說康橋歲月啟發志摩的性靈思想，則康橋的美名也因志摩而遠揚到中國。志摩把康橋寫進中國文學史，讓後世的讀者縱使不能親炙康橋的風景人文，也莫不心嚮往之。

本文第一部分，自敘由美國哥倫比亞大學轉到英國康橋大學的經過。幾番波折之後，志摩才得償宿願，真正成為康橋人，由此可見他對康橋的欣羨，有「不到康橋心不死」的痴情。

第二部分，拈出「單獨」一詞，告訴你，這是認識康橋，以及任何地方、任何人，包括你自己在內的唯一真諦。就像文中說的：「啊，那些清晨，那些黃昏，我一個人發痴似的在康橋！絕對的單獨。」單獨，正是志摩打開康橋國度的祕密鑰匙。但我們正準備開始跟著他瀏覽康橋風光時，志摩卻把筆峰一轉，說：「但一個人要寫他最心愛的對象，不論是人是地，是多麼使他為難的一個工作……」真是吊胃口！不過這也是志摩的真性情，在〈吸煙與文化〉一文中，他也表示過不能輕易寫康橋，因為怕褻瀆了心中的聖地。讀者只能等待他整理好思緒，寫出他心目中完美的康橋。

果然，接下來的兩部分，志摩從康橋的風光與生活著手，為我們呈現優雅寧靜的康橋圖像。

第三部分，以康河為重心，首先介紹上游的拜倫潭和果子園。其次是下游的河岸，最美的經驗是：「在星光下聽水聲，聽近村晚鐘聲，聽河畔倦牛芻草聲」，大自然的神祕、寧靜，喚醒你沉睡的性靈。接著是中游的風光，這是精華所在，志摩用繪畫點染的手法，點出幾座建築物的神韻，用美得像繪畫、和諧得像音樂來烘托這些學院、教堂的清新脫俗。「三環洞橋」的古樸，更須凝神體會，你將會體驗純粹美感的神奇！最後，志摩提醒，一定要選對天氣，四五月間氣候最佳；可見志摩是多麼寶愛他的康橋，唯恐旁人魯莽行事，反而壞了康橋的名聲。

第四部分，寫康橋的生活。最妙的是划船。康河可以擺渡，舢舨船尤其別緻。志摩先寫自己笨手笨腳撐篙的模樣，再寫素衣女郎撐篙的優雅神態，敏捷，閒暇，輕盈，像一首優美的詩。

接下來的小段，志摩就大展身手了，對如何享受人生，侃侃而談，他說他是個「生命的信仰者」，主張人要親近自然。而這番體悟正是康橋生活給他的啟示：「我那時有的是閒暇，有的是自由，有的是絕對單獨的機會。說也奇怪，竟像是第一次，我辨認了星月的光明，草的青，花的香，流水的殷勤。」

試看他如何用心靈之眼，和手中的彩筆，辨認、刻畫這神妙的康橋生活：

> 靜極了，這朝來水溶溶的大道，只遠處牛奶車的鈴聲，點綴這周遭的沉默……
>
> 伺候著河上的風光，這春來一天有一天的消息……

這部分第八小段開始，對康橋的日常生活有精采絕倫的描述。不論是描寫村舍與樹林，還是炊煙、雲霞、水草、春花，他都盡力為它們抹上多彩的顏色，極盡修辭之能事。例如描寫炊煙裊裊，就用了成絲的、成縷的等八個形容詞；第九段，以「關心」為首的排比句就有六個；底下「怯怜怜的小雪球」句與「鈴蘭與香草」句是寬泛的對偶句；「窈窕的蓮馨」等四句又是排比句。如果不是仔細觀察，也寫不出這麼豐富變化的句子。又如第十段，描寫陽光折射下的草原景象：碧綠的草原、豔紅的罌粟、青草亭裡的金燈褐色的雲，異樣的紫色陽光，構成一幅神異的景象，真叫人嘆為觀止。志摩說：「這草田變成了……不說也罷，說來你們也是不信的！」雖然有點誇張，但當時的心靈震撼一定是難以言語形容的。這些景象也許旁人也曾見過，但可能是視若無睹，不覺得有什麼稀奇，或是根本沒有感應到這神祕的美感，而唯有大詩人志摩帶我們進入這冥想的國度，使我們歷經一趟豐富的心靈之旅。

康橋生活的自在，志摩用散步、騎自行車閒逛來表現。康橋隨處可遇的草地、溪流、鳥鳴、花香，經志摩巧筆一寫，都躍然紙上。如同文中所說：

> 帶一卷書，走十里路，選一塊清靜地，看天，聽鳥，讀書，倦了時，和身在草綿綿處尋夢去——你能想像更適情更適性的消遣嗎？

是的，我們不能。因為我們成長愈多，離自然與自由愈遠。
不，我們也能。因為我們已被康橋精神洗禮，我們願意追隨志摩和康橋的悠閒。

自剖

我是個好動的人；每回我身體行動的時候，我的思想也彷彿就跟著跳盪。我做的詩，不論它們是怎樣的「無聊」，有不少是在行旅期中想起的。我愛動，愛看動的事物，愛活潑的人，愛水，愛空中的飛鳥，愛車窗外掣過的田野山水。星光的閃動，草葉上露珠的顫動，花鬚在微風中的搖動，雷雨時雲空的變動，大海中波濤的洶湧，都是在在觸動我感興的情景。是動，不論是什麼性質，就是我的興趣，我的靈感。是動就會催快我的呼吸，加添我的生命。

近來卻大大的變樣了。第一我自身的肢體，已不如原先靈活；我的心也同樣的感受了不知是年歲還是什麼的拘縶。動的現象再不能給我歡喜，給我啟示。先前我看著在陽光中閃爍的金波，就彷彿看見了神仙宮闕——什麼荒誕美麗的幻覺，不在我的腦中一閃閃的掠過！現在不同了，陽光只是陽光，流波只是流波，任憑景色怎樣的燦爛，再也照不化我的呆木的心靈。我的思想，如其偶爾有，也只似岩石上的簇蘿，貼著枯乾的粗糙的石面，極困難的蜒著；顏色是蒼黑，姿態是倔強的。

我自己也不懂得何以這變遷來得這樣的兀突，這樣的深徹。原先我在人前自覺竟是一注的流泉，在在有飛沫，在在有閃光；現在這泉眼，如其還在，彷彿是叫一塊石板不留餘隙的給鎮住了。我再沒有先前那樣蓬勃的情趣，每回我想說話的時候，就覺著那石塊的重壓，怎麼也掀不動，怎麼也推不開，結果只能自安沉默！「你再不用想什麼了，你再沒有什麼可想的了」；「你再不用開口了，你再沒有什麼話可說的了」——我常覺得我沉悶的心府裡有這樣半嘲諷半弔唁的諄囑。

說來我思想上或經驗上也並不曾經受什麼過分劇烈的戟刺。我處境是向來順的，現在，如其有不同，只是更順了的。那麼為什麼這變遷？遠的不說，就比如我年前到歐洲去時的心境：阿！我那時還不是一隻初長毛角的野鹿？什麼顏色不激動我的視覺，什麼香味不奮興我的嗅覺？我記得我在意大利寫遊記的時候，情緒是何等的活潑，興趣何等的醇厚，一路來眼見耳聽心感的種種，那一樣不活栩栩的叢集在我的筆端，爭求充分的表現！如今呢？我這次到南方去，來回也有一個多月的光景，這期內眼見耳聽心感的事物也該有不少。我未動身前，又何嘗不自喜此去又可以有機會飽餐西湖的風色，鄧尉的梅香❶——單提一兩件最合我的脾胃的事。有好多朋友也曾期望我在這閒暇的假期中採集一點江南風趣，歸來時，至少也該帶回一兩篇爽口的詩文，給在北京泥土的空氣中活命的朋友們一些清醒的消遣。但在事實上不但在南中時我白瞪著大眼，看天亮換天昏，又閉上了眼，拼天昏換天亮，一枝禿筆跟著我涉海去，又跟著我涉海回來，正如岩洞裡的一根石筍，壓根兒就沒一點搖動的消息；就在我回京後這十來天，任憑朋友們怎樣的催促，自己良心怎樣的責備，我的筆尖上還是滴不出一點墨瀋來。我也曾勉強想想，勉強想寫，但到底還是白費！可怕是這心靈驟然的呆頓。完全死了不成？我自己在疑惑。

說來是時局也許有關係。我到京幾天來就逢著空前的血案。五卅事件❷發生時我正在意大利山中，採茉莉花編花籃兒玩，翡冷翠山中只見明星與流螢的交喚，花香與山色的溫存，俗氛是吹不到的。直到七月間到了倫敦，我才理會國內風光的慘淡，等得我趕回來時，設想中的激昂，又早變成了明日黃花，看得見的痕跡只有滿城黃牆上墨彩斑斕的「泣告」！

這回卻不同。屠殺的事實❸不僅是在我住的城子裡發見，我有時竟覺得是我自己的靈府裡的一個慘象。殺死的不僅是青年們的生命，我自己的思想也彷彿遭著了致命的打擊，比是國務院前的斷肢殘肢，再也不能回復生動與連貫。但這深刻的難受在我是無名的，是不能完全解釋的。這回事變的奇慘性引起憤慨與悲切是一件事，但同時我們也知道在這根本起變態作用的社會裡，什麼怪誕的情形都是可能的。屠殺無辜，還不是年來最平常的現象。自從內戰❹糾結以來，在受戰禍的區域內，那一處村落不曾分到過遭姦汙的女性，屠殘的骨肉，供犧牲的生命財產？這無非是給冤氛團結的地面上多添一團更集中更鮮豔的怨毒。再說那一個民族的解放史能不濃濃的染著martyrs❺的腔血？俄國革命❻的開幕就是二十年前冬宮的血景。只要我們有識力認定，有膽量實行，我們理想中的革命，這回羔羊的血就不會是白塗的。所以我個人的沉悶決不完全是這回慘案引起的感情作用。

愛和平是我的生性。在怨毒，猜忌，殘殺的空氣中，我的神經每每感受一種不可名狀的壓迫。記得前年奉直戰爭時我過的那日子簡直是一團黑漆，每晚更深時，獨自抱著腦殼伏在書桌上受罪，彷彿整個時代的沉悶蓋在我的頭頂——直到寫下了〈毒藥〉那幾首不成形的咒詛詩以後，我心頭的緊張才漸漸的緩和下去。這回又有同樣的情形；只覺著煩，只覺著悶，感想來時只是破碎，筆頭只是笨滯。結果身體也不舒暢，像是蠟油塗抹住了全身毛竅似的難過，一天過去了又是一天，我這裡又在重演更深獨坐箍緊腦殼的姿勢，窗外皎潔的月光，分明是在嘲諷我內心的枯窘！不，我還得往更深處按。我不能叫這時局來替我思想驟然的呆頓負責，我得往我自己生活的底裡找去。

平常有幾種原因可以影響我們的心靈活動。實際生活的牽掣可以劫去我們心靈所需要的閒暇，積成一種壓迫。在某種熱烈的想望不曾得滿足時，我們感覺精神上的煩悶與焦躁，失望更是顛覆內心平衡的一個大原因；較劇烈的種類可以麻痹我們的靈智，淹沒我們的理性。但這些都合不上我的病源；因為我在實際生活裡已經得到十分的幸運，我的潛在意識裡，我敢說不該有什麼壓著的欲望在作怪。

但是在實際上反過來看，另有一種情形可以阻塞或是減少你心靈的活動。我們知道舒服，健康，幸福，是人生的目標，我們因此推想我們痛苦的起點是在望見那些目標而得不到的時候。我們常聽人說「假如我像某人那樣生活無憂我一定可以好好的做事，不比現在整天的精神全化在瑣碎的煩惱上」。我們又聽說「我不能做事就為身體太壞，若是精神來得，那就……」我們又常常設想幸福的境界，我們想「只要有一個意中人在跟前那我一定奮發，什麼事做不到？」但是不，在事實上，舒服，健康，幸福，不但不一定是幫助或獎勵心靈生活的條件，它們有時正得相反的效果。

我們看不起有錢人，在社會上得意人，肌肉過分發展的運動家，也正在此；至於年少人幻想中的美滿幸福，我敢說等得當真有了紅袖添香，你的書也就讀不出所以然來，且不說什麼在學問上或藝術上更認真的工作。

那麼生活的滿足是我的病源嗎？

「在先前的日子，」一個真知我的朋友，就說：「正為是你生活不得平衡，正為你有欲望不得滿足，你的壓在內裡的 libido❼ 就形成一種昇華的現象，結果你就借文學來發洩你生理上的鬱結；（你不常說你從事文學是一件不預期的事嗎？）這情形又容易在你的意識裡形成一種虛幻的希望，因為你的寫作得到一部分讚許，你就自以為確有相當創作的天賦以及獨立思想的能力。但你祇是自冤自，實在你並沒有什麼超人一等的天賦，你的設想多半是虛榮，你的以前的成績只是昇華的結果。所以現在等得你生活換了樣，感情上有了安頓，你就發見你向來寫作的來源頓呈萎縮甚至枯竭的現象；而你又不願意承認這情形的實在，妄想到你身子以外去找你思想枯窘的原因，所以你就不由的感到深刻的煩悶。你只是對你自己生氣，不甘心承認你自己的本相。不，你原來並沒有三頭六臂的！

「你對文藝並沒有真興趣，對學問並沒有真熱心。你本來沒有什麼更高的志願，除了相當合理的生活，你只配安分做一個平常人，享你命裡鑄定的『幸福』；在事業界，在文藝創作界，在學問界內，全沒有你的位置，你真的沒有那能耐。不信你只要自問在你心裡的心裡有沒有那無形的『推力』，整天整夜的惱著你，逼著你，督著你，放開實際生活的全部，單望著不可捉摸的創作境界裡去冒險？是的，頂明顯的關鍵就是那無形的推力或是衝動 (the impulse)，沒有它人類就沒有科學，沒有文學，沒有藝術，沒有一切超越功利實用性質的創作。你知道在國外(國內當然也有，許沒那樣多)有多少人被這無形的推力驅使著，在實際生活上變成一種離魂病性質的變態動物，不但人間所有的虛榮永遠沾不上他們的思想，就連維持生命的睡眠飲食，在他們都失了重要，他們全部的心力只是在他們那無形的推力所指示的特殊方向上集中應用，怪不得有人說天才是瘋癲；我們在巴黎倫敦不就到處碰得著這類怪人？如其他是一個美術家，惱著他的就只怎樣可以完全表現他那理想中的形體；一個線條的準確，某種色彩的調諧，在他會得比他生身父母的生死與國家的存亡更重要，更迫切，更要求注意。我們知道專門學者有終身掘墳墓的，研究蚊蟲生理的，觀察億萬萬里外一個星的動定的。並且他們決不問社會對於他們的勞力有否任何的認識，那就是虛榮的進路；他們是被一點無形的推力的魔鬼蠱定了的。

「這是關於文藝創作的話。你自問有沒有這種情形。你也許經驗過什麼『靈感』，那也許有，但你卻不要把剎那誤認作永久的，虛幻認作真實。至於說思想與真實學問的話，那也得背後有一種推力，方向許不同，性質還是不變。做學問你得有原動的好奇心，得有天然熱情的態度去做求知識的工夫。真思想家的準備，除了特強的理智，還得有一種原動的信仰；信仰或尋求信仰，是一切思想的出發點：極端的懷疑派思想也只是期望重新位置信仰的一種努力。從古來沒有一個思想家不是宗教性的。在他們，各按各的傾向，一切人生的和理智的問題是實在有的；神的有無，善與惡，本體問題，認識問題，意志自由問題，在他們看來都是含偪迫性的現象，要求合理的解答——比山嶺的崇高，水的流動，愛的甜蜜更真，更實在，更聳動。他們的一點心靈，就永遠在他們設想的一種或多種問題的周圍飛舞，旋繞，正如燈蛾之於火燄：犧牲自身來貫徹火燄中心的祕密，是他們共有的決心。

「這種慘烈的情形，你怕也沒有吧？我不說你的心幕上就沒有思想的影子；但它們怕只是虛影，像水面上的雲影，雲過影子就跟著消散，不是石上的雷痕越日久越深刻。

「這樣說下來，你倒可以安心了！因為個人最大的悲劇是設想一個虛無的境界來謊騙你自己；騙不到底的時候你就得忍受『幻滅』的莫大的苦痛。與其那樣，還不如及早認清自己的深淺，不要把不必要的負擔，放上支撐不住的肩背，壓壞你自己，還難免旁人的笑話！朋友，不要迷了，定下心來享你現成的福分吧；思想不是你的分，文藝創作不是你的分，獨立的事業更不是你的分！天生扤了重擔來的那也沒法想，（那一個天才不是活受罪！）你是原來輕鬆的，這是多可羨慕，多可賀喜的一個發現！算了吧，朋友！」

三月二十五至四月一日（一九二六年）

注釋

❶鄧尉的梅香　鄧尉，山名，在江蘇省吳縣西南。漢代有鄧尉者隱此，因名。前臨太湖，湖中有一石，風景極佳。上多梅樹，花開時梅香滿徑，以此聞名於世。

❷五卅事件　一九二五年五月，開設於上海的日本內外棉織會社工廠工人罷工，要求改善待遇，因發生衝突，導致工人一死七傷。各校學生憤怒，起而抗議聲援，一般民眾也跟進。五月三十日，群情激憤中，英國巡警開槍轟殺群眾，死傷多人；遂激成上海全埠罷工、罷市、罷課之絕大風潮。經北京外交部對外交涉，直至次年才由上海工部局出撫恤銀十五萬結案，平息

風波。史稱五卅事件或五卅慘案。

❸屠殺的事實　指一九二六年三月十八日，段祺瑞政府槍擊請願群眾，其中多少年學生，史稱「三一八事件」。志摩曾作詩〈梅雪爭春〉悼念。

❹內戰　指一九二〇年代軍閥割據的戰亂情況。

❺martyrs　殉道者、烈士。

❻俄國革命　一九一七年三月（俄曆二月），俄國革命黨起事於列寧格勒，推翻皇室，成立臨時政府，是為三月革命，亦因俄曆稱二月革命。

❼libido　心理學名詞，指生命力。

賞析

誠實面對自己並不是難事，只是需要加倍的勇氣。這篇〈自剖〉就是志摩面對自己，探討自己的生命為什麼變得乾澀，再也沒有靈感和熱情。寫這篇文章的志摩已經自英歸國四年，他開始在文壇活躍，也在北京大學任教。這可說是「順境」，但志摩卻發現他自己懶洋洋的，提不起勁，對生活或寫作都是如此。

志摩先從時局觀察。一九二五年的「五卅慘案」發生時，他恰在佛羅倫斯，對此事的回應，顯得無處著力。但本（一九二六）年三月十八日的「三一八事件」，就在他住的城裡發生，引發他心中深深的憤慨，他寫了〈毒藥〉（以及〈梅雪爭春〉）等詩，才稍微舒解情緒。但不久，志摩又重演枯坐發獃的窘狀。他告訴自己，不要一味把原因推給時局，那只是最偷懶的方式。終於，他搜索到一個朋友對他的分析，這個朋友指出他虛榮的一面，說他只是把寫作當做自己心靈匱乏時最大的滿足，並沒有真正的寫作衝動，所以一旦日子過得平順了，也就不能持續地寫下去。朋友最後毫不留情的說：

因為個人最大的悲劇是設想一個虛無的境界來謊騙你自己；騙不到底的時候你就得忍受「幻滅」的莫大的苦痛。……思想不是你的分，文藝創作不是你的分，獨立的事業更不是你的分！……算了吧，朋友！

多麼犀利的言語啊！好像把志摩的成就一筆勾銷。這個朋友，不是別人，是志摩自我的化身，他勇敢誠實地面對自己，對自己說出極為嚴苛的話。他一直以為自己是個文學家、思想家，卻沒料到也有靈感枯竭、江郎才盡的時候。他因此深刻反省到，寫作不能只靠靈感，或只是寫出心中的不平，而是要真正的以寫作為職志，像第十三、十四段（「你對文藝並沒有真興趣……」、「這是關於文藝創作的話……」）所說，屏棄一切的榮辱得失，挖掘內在的創作動力、原動的信仰，才是真正的文學家和思想者。

文末的幾句話，看似灰心放棄，但這一番赤忱的「自剖」，卻是難能可貴的反省。志摩藉「自剖」爬梳自己的思緒，按照他的個性，他一定會再振作的。果然，隔了幾天，志摩又寫了〈再剖〉。在〈再剖〉中，志摩感覺「一種新意識的誕生」，他決定不再盲目衝動，要尋找新的「趕路方法」。反省、沉潛、再出發，這就是志摩永不熄滅的生命熱情。

想飛

假如這時候窗子外有雪——街上，城牆上，屋脊上，都是雪，胡同口一家屋簷下偎著一個戴黑兜帽的巡警，半攏著睡眼，看棉團似的雪花在半空中跳著玩……假如這夜是一個深極了的啊，不是壁上掛鐘的時針指示給我們看的深夜，這深就比是一個山洞的深，一個往下鑽螺旋形的山洞的深……

假如我能有這樣一個深夜，它那無底的陰森捻起我遍體的毫管；再能有窗子外不住往下篩的雪，篩淡了遠近間颺動的市謠，篩泯了在泥道上掙扎的車輪，篩滅了腦殼中不妥協的潛流……

我要那深，我要那靜，那在樹蔭濃密處躲著的夜鷹輕易不敢在天光還在照亮時出來睜眼。思想：它也得等。

青天裡有一點子黑的。正衝著太陽耀眼，望不真，你把手遮著眼，對著那兩株樹縫裡瞧，黑的，有桃子來大，不，有桃子來大——嘿，又移著往西了！

＊　＊　＊

我們吃了中飯出來到海邊去（這是英國康樆爾❶極南的一角，三面是大西洋）。勗麗麗的叫響從我們的腳底下匀匀的往上顫，齊著腰，到了肩高，過了頭頂，高入了雲，高出了雲。阿，你能不能把一種急震的樂音想像成一陣光明的細雨，從藍天裡衝著這平鋪著青綠的地面不住的下？不，那雨點都是跳舞的小腳，安琪兒的。雲雀們也吃過了飯，離開了它們卑微的地巢飛往高處做工去。上帝給它們的工作，替上帝做的工作。瞧著，這兒一隻，那邊又起了兩隻！一起就衝著天頂飛，小翅膀動活的多快活，圓圓的，不躊躇的飛——它們就認識青天。一起就開口唱，小嗓子動活的多快活，一顆顆小精圓珠子直往外唾，亮亮的唾，脆脆的唾——它們讚美的是青天。瞧著，這飛得多高，有豆子大，有芝麻大，黑刺刺的一屑，直頂著無底的天頂細細的搖——這全看不見了，影子都沒了！但這光明的細雨還是不住的下著……

＊　＊　＊

飛。「其翼若垂天之雲……背負蒼天，而莫之夭閼者」；那不容易見著。我們鎮上東關廂外有一座黃坭山，山頂上有一座七層的塔，塔尖頂著天。塔院裡常常打鐘，鐘聲響動時，那在太陽西曬的時候多，一枝豔豔的大紅花貼在西山的鬢邊迴照著塔山上的雲彩——鐘聲響動時，繞著塔頂尖，摩著塔頂天，穿著塔頂雲，有一隻兩隻有時三隻四隻有時五隻六隻蜷著爪往地面瞧的「餓老鷹」，撐開了它們灰蒼蒼的大翅膀沒掛戀似的在盤旋，在半空中浮著，在晚風中泅著，彷彿是按著塔院鐘的波盪來練習圓舞似的。那是我做孩子時的「大鵬」。有時好天抬頭不見一瓣雲的時候聽著猇憂憂的叫響，我們就知道那是寶塔上的餓老鷹尋食吃來了，這一想像半天裡禿頂圓睛的英雄，我們背上的小翅膀骨上就彷彿豁出了一銼銼鐵刷似的羽毛，搖起來呼呼響的，只一擺就衝出了書房門，鑽入了玳瑁鑲邊的白雲裡玩兒去，誰耐煩站在先生書桌前晃著身子背早上上的多難背的書！阿飛！不是那在樹枝上矮矮的跳著的麻雀兒的飛；不是那湊天黑從堂戶後背衝出來趕蚊子喫的蝙蝠的飛；也不是那軟尾巴軟嗓子做窠在堂檐上的燕子的飛。要飛就得滿天飛，風攔不住雲擋不住的飛，一翅膀就跳過一座山頭，影子下來遮得陰二十畝稻田的飛，到天晚飛倦了就來繞著那塔頂尖順著風向打圓圈做夢……聽說餓老鷹會抓小雞！

* * *

飛。人們原來都是會飛的。天使們有翅膀，會飛；我們初來時也有翅膀，會飛。我們最初來就是飛了來的，有的做完了事還是飛了去，他們是可羨慕的。但大多數人是忘了飛的，有的翅膀上掉了毛不長再也飛不起來，有的翅膀叫膠水給膠住了再也拉不開，有的羽毛叫人給修短了像鴿子似的只會在地上跳，有的拿背上一對翅膀上當鋪去典錢使過了期再也贖不回……真的，我們一過了做孩子的日子就掉了飛的本領。但沒了翅膀或是翅膀壞了不能用是一件可怕的事。因為你再也飛不回去，你蹲在地上呆望著飛不上去的天，看旁人有福氣的一程一程的在青雲裡逍遙，那多可憐。而且翅膀又不比是你腳上的鞋，穿爛了可以再問媽要一雙去，翅膀可不成，折了一根毛就是一根，沒法給補的。還有，單顧著你翅膀也還不定規到時候能飛，你這身子要是不謹慎養太肥了，翅膀力量小再也拖不起，也是一樣難不是？一對小翅膀馱不起一個胖肚子，那情形多可笑！到時候你聽人家高聲的招呼說，朋友，回去罷，趁這天還有紫色的光，你聽他們的翅膀在半空中沙沙的搖響，朵朵的春雲跳過來擁著他們的肩背，望著最光明的來處翩翩的，冉冉的，輕煙似的化出了你的視域，像雲雀似的只留下一瀉光明的驟雨——"Thou art unseen, but yet I hear thy shrill delight"[2]——那你，獨自在泥塗裡淹著，夠多難受，夠多懊惱，夠多寒傖！趁早留神你的翅膀，朋友。

* * *

是人沒有不想飛的。老是在這地面上爬著夠多厭煩，不說別的。飛出這圈子，飛出這圈子！到雲端裡去，到雲端裡去！那個心裡不成天千百遍的這麼想？飛上天空去浮著，看地球這彈丸在大空裡滾著，從陸地看到海，從海再看回陸地。凌空去看一個明白——這才是做人的趣味，做人的權威，做人的交代。這皮囊要是太重挪不動，就擲了它，可能的話，飛出這圈子，飛出這圈子！

* * *

人類初發明用石器的時候，已經想長翅膀。想飛。原人洞壁上畫的四不像，它的背上掮著翅膀；拏著弓箭趕野獸的，他那肩背上也給安了翅膀。小愛神是有一對粉嫩的肉翅的。挨開拉斯[3](Icarus)是人類飛行史裡第一個英雄，第一次犧牲。安琪兒（那是理想化的人）第一個標記是幫助他們飛行的翅膀。那也有沿革——你看西洋畫上的表現。最初像是一對小精緻的令旗，蝴蝶似的黏在安琪兒們的背上，像真的，不靈動的。漸漸的翅膀長大了，地位安準了，毛羽豐滿了。畫圖上的天使們長上了真的可能的翅膀。人類初次實現了翅膀的觀念，徹悟了飛行的意義。挨開拉斯閃不死的靈魂，回來投生又投生。人類最大的使命，是製造翅膀；最大的成功是飛！理想的極度，想像的止境，從人到神！詩是翅膀上出世的；哲理是在空中盤旋的。飛：超脫一切，籠蓋一切，掃蕩一切，吞吐一切。

* * *

你上那邊山峰頂上試去，要是度不到那邊山峰上，你就得到這萬丈的深淵裡去找你的葬身地！「這人形的鳥會有一天試他第一次的飛行，給這世界驚駭，使所有的著作讚美，給他所從來的棲息處永久的光榮。」啊達文騫❹！

但是飛！自從挨開拉斯以來，人類的工作是製造翅膀，還是束縛翅膀？這翅膀，承上了文明的重量，還能飛嗎？都是飛了來的，還都能飛了回去嗎？鉗住了，烙住了，壓住了——這人形的鳥會有試他第一次飛行的一天嗎？

同時天上那一點子黑的已經迫近在我的頭頂，形成了一架鳥形的機器，忽的機沿一側，一球光直往下注，硼的一聲炸響——炸碎了我在飛行中的幻想，青天裡平添了幾堆破碎的浮雲。

* * *

十四—十六日（一九二六年）

注釋

❶康槐爾 (Cornwall) 通譯康瓦耳，英國西南部的一郡，首府特魯特。南臨英吉利海峽，西濱大西洋。

❷Thou art unseen, but yet I hear thy shrill delight 引自雪萊的〈致雲雀〉詩，大意是說：「你無影無蹤，但我仍聽見你的尖聲歡叫。」

❸挨開拉斯 今譯伊卡羅斯。希臘神話中工匠達洛斯的兒子。他們父子二人用蜂蠟黏貼羽毛，製成翅膀，飛翔萬里。但因挨開拉斯飛得太高，太陽把蠟融化，他因此墜海而死。

❹達文騫 (Leonardo da Vinic, 1452–1519) 通譯達文西。義大利畫家、雕塑家、建築工程師。於藝術外，精通數學、工程、機械學等，文藝復興三傑之一。嘗任米蘭大公爵宮廷畫家及美術

院長。畫作〈最後的晚餐〉、〈蒙娜麗莎的微笑〉為世界不朽之作。

賞析

想飛，是個惹人遐想的提議。孩提時代，誰沒有想飛的念頭呢？張開雙手，想像那是翅膀，可以像鳥兒一樣飛翔；披一件披風或者只是一塊布，風一吹來，我們便以為自己真的飛起來了！

難怪志摩說：「飛。人們原來都是會飛的。天使們有翅膀，會飛；我們初來時也有翅膀，會飛……真的，我們一過了做孩子的日子就掉了飛的本領。」

我們是什麼時候開始忘記自己會飛呢？

應該是被世俗浸染，不再相信童話與神話的時候吧。從那個時候起，有的人變得功利世故，有的人變得畏縮沉默，只有少數人還記得我們原本會飛的祕密……。

這篇〈想飛〉，以流暢的文筆，豐富的想像力，充實的內涵思想，為我們解析人們想飛的原始心靈，又點出遺忘想飛的心靈是多麼的索然無味。以文末「炸碎了我在飛行中的幻想」句來看，應是寫一次坐飛機時的經驗。

在第一部分，透過窗外景色的想像，他營造了「深」與「靜」兩個氛圍，就是在這樣的氣氛下，人才能擺脫世俗，進入綺麗的想像世界，並且挖掘出我們內在最深的願望。第二、三部分，對雲雀、老鷹的描述，正是呼應內心「想飛」的宿願，藉這兩件事，開展下文大量有關「想飛」的論述。第四部分到最後的第八部分，每段文字可以說都很精采，用語尤其有率直天真的感覺。例如人們對生活厭煩時，常有想要甩開現實的想法：「飛出這圈子，飛出這圈子！到雲端裡去，到雲端裡去！那個心裡不成天千百遍的這麼想？」又如文中介紹西洋神話人物挨開拉斯，他以蠟和羽毛製作翅膀，享受飛翔的樂趣，卻因太靠近太陽而蠟翅融化，墜海而死；故事很悲壯，卻在在透顯人們「想飛」的原始欲望。

最後，志摩以「天上那一點子黑」的意象前後呼應。這個意象在第一部分，「青天裡有一點子黑」，應是志摩回溯記憶中有關飛鳥的印象；在最後，則應是指當時令人感到新奇的飛機（鳥形的機器），就在志摩極力想像自己如在藍天裡翱翔時，飛機突然側飛，金黃的陽光照射在機翼上，而機身已穿過雲層，形成「幾堆破碎的浮雲」——文章就結束在這金光燦爛，浮雲點點的畫面中，真是令人驚嘆！

《猛虎集》序文

在詩集子前面說話不是一件容易討好的事。說得近於誇張了自己面上說不過去，過分謙恭又似乎對不起讀者。最乾脆的辦法是什麼話也不提，好歹讓詩篇它們自身去承當。但書店不肯同意；他們說如其作者不來幾句序言書店做廣告就無從著筆。作者對於生意是完全外行，但他至少也知道書賣得好不僅是書店有利益，他自己的版稅也跟著像樣，所以書店的意思，他是不能不尊敬的。事實上我已經費了三個晚上，想寫一篇可以幫助廣告的序。可是不相干，一行行寫下來祇是仍舊給塗掉，稿紙糟蹋了不少張，詩集的序終究還是寫不成。

況且寫詩人一提起寫詩他就不由得傷心。世界上再沒有比寫詩更慘的事；不但慘，而且寒傖。就說一件事，我是天生不長髭鬚的，但為了一些破爛的句子，就我也不知曾經撚斷了多少根想像的長鬚！

這姑且不去說它。我記得我印第二集詩的時候曾經表示過此後不再寫詩一類的話。現在如何又來了一集，雖則轉眼間四個年頭已經過去。就算這些詩全是這四年內寫的（實在有幾首要早到十三年分❶），每年平均也只得十首，一個月還派不到一首，況且又多是短短一闋的。詩固然不能論長短，如同 Whistler❷ 說畫幅是不能用田畝來丈量的。但事實是咱們這年頭一口氣總是透不長——詩永遠是小詩，戲永遠是獨幕，小說永遠是短篇。每回我望到莎士比亞的戲，丹丁❸的《神曲》，歌德的《浮士德》一類作品比方說，我就不由的感到氣餒，覺得我們即使有一些聲音，那聲音是微細得隨時可以用一個小拇指給掐死的。天呀！那天我們才可以在創作裡看到使人起敬的東西？那天我們這些細嗓子❹才可以豁免混充大花臉❺的急漲的苦惱？

說到我自己的寫詩，那是再沒有更意外的事了。我查過我的家譜，從永樂❻以來我們家裡沒有寫過一行可供傳誦的詩句。在二十四歲以前我對於詩的興味遠不如我對於「相對論」或《民約論》的興味。我父親送我出洋留學是要我將來進「金融界」的，我自己最高的野心是想做一個中國的 Hamilton❼！在二十四歲以前，詩，不論新舊，於我是完全沒有相干。我這樣一個人如果真會成功一個詩人——那還有什麼話說？

但生命的把戲是不可思議的！我們都是受支配的善良的生靈，那件事我們作得了主？整十年前❽我吹著了一陣奇異的風，也許照著了什麼奇異的月色，從此起我的思想就傾向於分行的抒寫。一分深刻的憂鬱佔定了我；這憂鬱，我信，竟於漸漸的潛化了我的氣質。

話雖如此，我的塵俗的成分並沒有甘心退讓過；詩靈的稀小的翅膀，儘他們在那裡騰撲，還是沒有力量帶了這整分的累贅往天外飛的。且不說詩化生活一類的理想那是談何容易實現，就說平常在實際生活的壓迫中偶爾掙出八行十二行的詩句都是夠艱難的。尤其是最近幾年，有時候自己想著了都害怕：日子悠悠的過去內心竟可以一無消息，不透一點亮，不見絲紋的動。我常常疑心這一次是真的乾了完了的。如同契玦臘❾的一身美是問神道通融得來限定日子要交還的，我也時常疑慮到我這些寫詩的日子也是什麼神道因為憐憫我的愚蠢暫時借給我享用的非分的奢侈。我希望他們可憐一個人可憐到底！

一眨眼十年已經過去。詩雖則連續的寫，自信還是薄弱到極點。「寫是這樣寫下了，」我常自己想，「但準知道這就能算是詩嗎？」就經驗說，從一點意思的晃動到一篇詩的完成，這中間幾乎沒有一次不經過唐僧取經似的苦難的。詩不僅是一種分娩，它並且往往是難產！這分甘苦是只有當事人自己知道。一個詩人，到了修養極高的境界，如同泰谷爾先生比方說，也許可以一張口就有精圓的珠子吐出來，這事實上我親眼見過來的不打謊，但像我這樣既無天才又少修養的人如何說得上？

只有一個時期我的詩情真有些像是山洪暴發，不分方向的亂沖。那就是我最早寫詩那半年，生命受了一種偉大力量的震撼，什麼半成熟的未成熟的意念都在指顧間散作繽紛的花雨。我那時是絕無依傍，也不知顧慮，心頭有什麼鬱積，就付託腕底胡亂給爬梳了去，救命似的迫切，那還顧得了什麼美醜！我在短時期內寫了很多，但幾乎全部都是見不得人面的。這是一個教訓。

我的第一集詩——《志摩的詩》——是我十一年回國後兩年內寫的；在這集子裡初期的洶湧性雖已消滅，但大部分還是情感的無關闌的泛濫，什麼詩的藝術或技巧都談不到。這問題一直要到民國十五年我和一多❿今甫⓫一群朋友在《晨報》副鐫⓬刊行詩刊時方才開始討論到。一多不僅是詩人，他也是最有興味探討詩的理論和藝術的一個人。我想這五六年來我們幾個寫詩的朋友多少都受到《死水》的作者的影響。我的筆本來是最不受羈勒的一匹野馬，看到了一多的謹嚴的作品我方才憬悟到我自己的野性；但我素性的落拓始終不容我追隨一多他們在詩的理論方面下過任何細密的工夫。

我的第二集詩——《翡冷翠的一夜》——可以說是我的生活上的又一個較大的波折的留痕。我把詩稿送給一多看，他回信說：「這比《志摩的詩》確乎是進步了——一個絕大的進步。」他的好話我是最願意聽的，但我在詩的「技巧」方面還是那楞生生的絲毫沒有把握。

最近這幾年生活不僅是極平凡，簡直是到了枯窘的深處。跟著詩的產量也儘「向瘦小裡耗」。要不是去年在中大認識了夢家⑬和瑋德⑭兩箇年青的詩人，他們對於詩的熱情在無形中又鼓動了我奄奄的詩心，第二次又印「詩刊」，我對於詩的興味，我信，竟可以銷沉到幾於完全沒有。今年在六個月內在上海與北京間來回奔波了八次，遭了母喪，又有別的不少煩心的事，人是疲乏極了的，但繼續的行動與北京的風光卻又在無意中搖活了我久蟄的性靈。抬起頭居然又見到天了。眼睛睜開了心也跟著開始了跳動。嫩芽的青紫，勞苦社會的光與影，悲歡的圖案，一切的動，一切的靜，重復在我的眼前展開，有聲色與有情感的世界重復為我存在；這彷彿是為了要挽救一個曾經有單純信仰的流入懷疑的頹廢，那在帷幙中隱藏著的神通又在那裡栩栩的生動，顯示它的博大與精微，要他認清方向，再別錯走了路。

我希望這是我的一個真的復活的機會。說也奇怪，一方面雖則明知這些偶爾寫下的詩句，盡是些「破破爛爛」的，萬談不到什麼久長的生命，但在作者自己，總覺得寫得成詩不是一件壞事，這至少證明一點性靈還在那裡掙扎，還有它的一口氣。我這次印行這第三集詩沒有別的話說，我只要藉此告慰我的朋友，讓他們知道我還有一口氣，還想在實際生活的重重壓迫下透出一些聲響來的。

你們不能更多的責備。我覺得我已是滿頭的血水，能不低頭已算是好的。你們也不用提醒我這是什麼日子；不用告訴我這遍地的災荒，與現有的以及在隱伏中的更大的變亂，不用向我說正今天就有千萬人在大水裡和身子浸著，或是有千千萬人在極度的飢餓中叫救命；也不用勸告我說幾行有韻或無韻的詩句是救不活半條人命的；更不用指點我說我的思想是落伍或是我的韻腳是根據不合時宜的意識形態的……這些，還有別的很多，我知道，我全知道；你們一說到只是叫我難受又難受。我再沒有別的話說，我只要你們記得有一種天教歌唱的鳥不到嘔血不住口，它的歌裡有它獨自知道的別一個世界的愉快，也有它獨自知道的悲哀與傷痛的鮮明；詩人也是一種痴鳥，他把他的柔軟的心窩緊抵著薔薇的花刺，口裡不住的唱著星月的光輝與人類的希望，非到他的心血滴出來把白花染成大紅他不住口。他的痛苦與快樂是渾成的一片。

（一九三一年）

注釋

❶十三年分　指民國十三年，西元一九二四年。

❷Whistler　(1834–1903) 通譯惠斯勒，美國畫家，長期僑居英國。

❸丹丁　(Dante Alighieri, 1265–1321) 通譯但丁，義大利詩人。倡真善美合一說；於希臘、羅馬文學研究甚深。為國事奔走，流亡外鄉，不得志抑鬱而終。《神曲》以本國語言撰寫，記其夢遊三界（地獄界、煉獄界、天界）事，思想精深，為其不朽之作。

❹細嗓子　細嗓，嗓音輕細。戲劇中的生角、旦角用細嗓唱曲，以表現優雅的氣質。

❺大花臉　戲劇腳色名。北方人稱淨角為大花臉，南方人則稱花面。這類腳色大都以粉墨塗臉，故名。所扮演人物唱腔渾厚，個性剛強。合上文的「細嗓子」看，本文此處是謙稱自己創作的功夫還是很粗淺的，但為了推動新詩創作，卻要佯裝功夫深厚。

❻永樂　指明成祖永樂年間 (1403–1424)。

❼Hamilton　(Alexander Hamilton, 1757–1804) 通譯漢密爾頓，美國建國初期重要政治家，於華盛頓總統任內擔任首任財政部長。

❽整十年前　指一九二一年，當時志摩在英國康橋，志趣由法政轉向文學。

❾契玦臘　志摩等人為泰戈爾慶賀生日時所演的戲劇，劇中女主角即叫做契玦臘。

❿一多　（一八九九—一九四六）即聞一多，新月派詩人，當時任教於北京清華大學，著有詩集《死水》，以新格律體著稱。

⓫今甫　（一八九〇—一九五六）即楊振聲，小說家，當時任教於北京清華大學。

⓬晨報副鐫　指《晨報副刊．詩鐫》週刊。志摩接掌《晨報．晨報副刊》後，在一九二六年四月一日，又創刊《晨報副刊．詩鐫》，每週四出刊一次，由志摩主編，聞一多負責選稿，專門刊載詩稿。迄六月十日停刊，共出十一期。

⓭夢家　（一九一一—一九六六）即陳夢家，新月派後期代表詩人，志摩的學生。曾主編《新月詩選》。

⓮瑋德　（一九〇九—一九三五）即方瑋德，新月派後期代表詩人，著有《丁香花詩選》。

賞析

這是志摩第三本詩集的序文。在本文中，志摩回溯他自己寫詩的心路歷程，包括他整個人生觀的改變——從立志做經濟學家，變成誓死做個詩人。

是什麼動力驅使他做這麼大的轉變？事實上，成為詩人，不僅沒有帶給他更多的利益，反而為他帶來更大的痛苦。這痛苦不是缺乏名利的痛苦，而是來自內心不斷摸索、高度自我期許的痛苦。就像第三段所說的，哪天才可以在創作裡看到使人起敬的東西呀！一旦成為詩人，就不能擺脫這「精益求精」，想要寫出不朽作品的焦慮。這焦慮是可貴的，因為它正是超越金錢權位的人文精神。

大凡寫作剛開始都是一種衝動和直覺，如同第八段所說，「像是山洪暴發，不分方向的亂沖」，「生命受了一種偉大力量的震撼」，所有的意念都化作「繽紛的花雨」。但經過這段新鮮期，就可能陷入瓶頸，寫不出來了，或者怎麼寫都不滿意。在這裡我們看到志摩很認真的反省他的作品，事實上他的詩哪裡會不好呢？只不過，有良知的詩人更願意面對自己的長短處，也希望能更上層樓。

最後，志摩用刺鳥的故事比喻詩人的胸襟，直到嘔心瀝血，詩人用他的鮮血裝飾了大地，這時他才心滿意足，「他的痛苦與快樂是渾成的一片」。

這真是高貴的情操。

愛眉❶日記選

（八月九日）

「幸福還不是不可能的」，這是我最近的發現。

今天早上的時刻，過得甜極了。我只要你。有你我就忘卻一切，我什麼都不想什麼都不要了，因為我什麼都有了。與你在一起沒有第三人時，我最樂。坐著談也好，走道也好，上街買東西也好。廠甸❷我何嘗沒有去過，但那有今天那樣的甜法？愛是甘草，這苦的世界有了它就好上口了。眉，你真玲瓏，你真活潑，你真像一條小龍。

我愛你樸素，不愛你奢華。你穿上一件藍布袍，你的眉目間就有一種特異的光彩，我看了心裡就覺著不可名狀的歡喜。樸素是真的高貴。你穿戴齊整的時候當然是好看，但那好看是尋常的，人人都認得的，素服時的眉，有我獨到的領略。

「玩人喪德，玩物喪志」，這話確有道理。

我恨的是庸凡，平常，瑣細，俗。我愛個性的表現。

我的胸膛並不大，決計裝不下整個或是甚至部分的宇宙。我的心河也不夠深，常常有露底的憂愁。我即使小有才，決計不是天生的，我信是勉強來的；所以每回我寫什麼多少總是難產，我唯一的靠傍是剎那間的靈通。我不能沒有心的平安，眉，只有你能給我心的平安。在你完全的蜜甜的高貴的愛裡，我享受無上的心與靈的平安。

凡事開不得頭，開了頭便有重復，甚至成習慣的傾向。在戀中人也得提防小漏縫兒，小縫兒會變大窟窿，那就糟了。我見過兩相愛的人因為小事情誤會鬥口，結果只有損失，沒有利益。我們家鄉俗諺有：「一天相罵十八頭，夜夜睡在一橫頭」，意思說是好夫妻也免不了吵。我可不信，我信合理的生活，動機是愛，知識是南鍼；愛的生活也不能純粹靠感情，彼此的了解是不可少的。愛是幫助了解的力，了解是愛的成熟，最高的了解是靈魂的化合，那是愛的圓滿功德。

沒有一個靈性不是深奧的，要懂得真認識一個靈性，是一輩子的工作。這工夫愈下愈有味；像逛山似的，唯恐進得不深。

眉，你今天說想到鄉間去過活，我聽了頂歡喜，可是你得準備吃苦。總有一天我引你到一個地方，使你完全轉變你的思想與生活的習慣，你這孩子其實是太嬌養慣了！我今天想起丹農雪烏❸的《死的勝利》的結局；但中國人，那配！眉，你我從今起對愛的生活負有做到它十全的義務。我們應得努力。眉，你怕死嗎？眉，你怕活嗎？活比死難得多！眉，老實說，你的生活一天不改變，我一天不得放心。但北京就是阻礙你新生命的一個大原因，因此我不免發愁。

我從前的束縛是完全靠理性解開的；我不信你的就不能用同樣的方法。萬事只要自己決心；決心與成功間的是最短的距離。

往往一個人最不願意聽的話，是他最應得聽的話。

注釋

❶眉（一九〇〇—一九六五）即陸小曼，志摩又稱她龍兒、小龍。擅長琴棋書畫，通曉英語、法語，喜愛唱京戲，一九二〇年代初在北京社交界頗有名氣。原為王賡之妻，一九二五年兩人離婚，次年十月三日陸小曼與志摩在北京結婚。志摩以《愛眉小札》記錄他倆談戀愛的心

情。

❷廠甸　北京地名，在政陽門外，即琉璃廠，街長二里，兩旁商店林立，多販售古玩、字畫、紙張、書帖等。

❸丹農雪烏　(Gabriele D'Annunzio, 1863–1938) 又譯鄧南遮，義大利作家，生於普雷斯卡拉，在羅馬受教育。一八九〇年代寫過幾部長篇小說，受尼采哲學影響，如《死的勝利》（一九八四年）。也有詩集與劇本。是志摩最喜愛的作家之一，曾撰寫六篇文章在《晨報・晨報副刊》等處介紹。

賞析

志摩的散文作品中，日記和書信類也都名噪一時。因為這裡面有最私密情感的記述，使人更容易窺見詩人的內心。其中，有關志摩和陸小曼的日記、書信記錄簡要說明如下：

一九二四年冬，志摩與陸小曼結識於北京，兩人情投意合，鬧得滿城風雨。翌年二月，志摩決定利用到義大利和泰戈爾會面的機會，提早往歐洲旅遊。三月三日，志摩第一次致信陸小曼，要她儘快與王賡離婚。三月四日又致信，要她像寫日記似的天天寫信；陸小曼遂自三月十一日志摩出國翌日寫到七月十九日，因病停止。後來輯為《小曼日記》。志摩在歐洲旅遊也寫了信給陸小曼，後來也收集到《愛眉小札》，一共九封。志摩於七月下旬回到北京，自八月九日起，開始寫《愛眉小札》，記二人戀愛心情，至九月十七日寫畢。

一九二五年十月份，陸小曼與王賡離婚。次年八月十四日（七夕），志摩與陸小曼在北京訂婚；四月，志摩開始寫《眉軒瑣語》，至翌年四月完成。

一九二六年十月三日，兩人在上海結婚。在這段期間，直到志摩逝世為止，志摩仍經常給陸小曼寫信；根據統計，前後有六十六封之多。

志摩為小曼寫的日記、札記或書信，內容都是熱情纏綿的，除了交代一些瑣事，大多是在表達他的思念以及對小曼的愛戀。像這裡選的八月九日這篇日記，一開始就記兩人一同逛廠甸的事，「今天早上的時刻，過得甜極了。我只要你。」接下來的文字敘述，真是「甜」得不得了：「眉，你真玲瓏，你真活潑，你真像一條小龍」，三言兩語就點出陸小曼的美。

「眉」是他對陸小曼的暱稱，此後也有以「小龍」稱呼陸小曼的。暱稱，其實就是情人間的密碼。

然後，志摩發表他獨特的眼光：「我愛你樸素，不愛你奢華」。陸小曼出身富豪之家，嫁給王賡，過得也很富裕，錦衣玉食是必然的，陸小曼本身也愛時髦打扮，所以志摩特別提醒她，素樸的她才是志摩心中最美的。

因此我們了解，志摩對陸小曼的愛不只是狂熱愛戀而已；他還希望點醒陸小曼的性靈思想，使她發覺自己真實的一面。所以在後面幾段，志摩說「你這孩子其實是太嬌養慣了」，他想要帶陸小曼去過一種全新的生活。

這篇日記顯示，志摩的戀愛態度是這麼認真，不只是兩人卿卿我我就算了，還要能一起享受生活，鼓勵對方，提升彼此的人生境界，負起對「愛的生活」的責任。他鼓勵陸小曼寫信、寫日記、繪畫、翻譯，兩人還一起編劇本，從這些事看來，他不只是好情人，還是個良師益友。他把戀愛提升到一種很神聖的境界，希望陸小曼跟他一同到達那樣的天堂樂園。

愛眉書信選

（一九三一年十月二十九日自北平）

致愛妻眉：

今天是九月十九日，你二十八年前出世的日子，我不在家中，不能與你對飲一杯蜜酒，為你慶祝安康。這幾日秋風淒冷，秋月光明，更使遊子思念家庭。又因為歸思已動，更覺百無聊賴，獨自惆悵。遙想閨中，當亦同此情景。今天洵美等來否？也許他們不知道，還是每天似的，只有瑞午❶一人陪著你吞吐煙霞。

眉愛，你知我是怎樣的想念你！你信上什麼「恐怕成病」的話，說得閃爍，使我不安。終究你這一月來身體有否見佳？如果我在家你不得休養，我出外你仍不得休養，那不是難了嗎？前天和奚若談起生活，為之相對生愁。但他與我同意，現在只有再試試，你同我來北平住一時，看是如何。你的身體當然宜北不宜南！

愛，你何以如此固執，忍心和我分離兩地？上半年來去頻頻，又遭大故，倒還不覺得如何。這次可不同，如果我現在不回，到年假尚有兩個多月。雖然光陰易逝，但我們恩愛夫妻，是否有此分離之必要？眉，你到哪天才肯聽從我的主張？我一人在此，處處覺得不合適；你又不肯來，我又為責任所羈，這真是難死人也！

百里❷那裡，我未回信，因為等少蝶來信，再作計較。競武如果虛張聲勢，結果反使我們原有交易不得著落，他們兩造，都無所謂；我這千載難逢的一次外快又遭打擊，這我可不能甘休！競武現在何處，你得把這情形老實告訴他才是。

你送興業五百元是哪一天？請即告我。因為我二十以前共送六百元付帳，銀行二十三來信，尚欠四百元，連本月房租共欠五百有餘。如果你那五百元是在二十三以後，那便還好，否則我又該著急得不了了！請速告我。

車怎樣了？絕對不能再養❸的了！

大雨❹家貝當路那塊地立即要出賣，他要我們給他想法。他想要五萬兩，此事瑞午有去路否？請立即回信，如瑞午無甚把握，我即另函別人設法。事成我要二厘五的一半。如有人要，最高出價多少，立即來信，賣否由大雨決定。

明天我叫圖南匯給你二百元家用（十一月份），但千萬不可到手就寬，我們的窮運還沒有到底；自己再不小心，更不堪設想。我如有不花錢飛機坐，立即回去。不管生意成否。

我真是想你，想極了。

摩吻

十月二十九日

注釋

❶瑞午　即翁瑞午，在志摩過世前一兩年，經常出入徐家，與陸小曼過從甚密，並教她吸鴉片以減輕胃病。有關兩人的流言滿天飛。志摩死後，翁一直照顧陸小曼，但兩人一直沒有正式結婚。

❷百里　即蔣百里，志摩為貼補家用，積極擔任仲介，為蔣百里、孫大雨賣房子，以便賺取佣金。

❸養　指擁有車子、維持車子的開銷。

❹大雨　即孫大雨，詩人。

賞析

十月二十九日是陸小曼的生日，所以志摩寫信給她，表示祝賀和思念。這也是志摩寫給小曼的最後一封信，同年十一月十九日志摩即因飛機失事遇難身亡。

志摩與陸小曼婚後的生活剛開始是甜蜜的，兩人如膠似漆，偶有小別，在志摩的書信裡，總洋溢著綿綿相思，歸心似箭的情思。但隨著現實生活的考驗，兩人也會有摩擦。其中，經濟佔了很大因素。因為志摩再婚，徐家父老十分不諒解，就不再供應他生活費用，志摩只得自己張羅。但兩人的開銷頗大，陸小曼票戲看戲，講排場，愛熱鬧，志摩自己的交遊也很廣闊；這些都需要很大的花費。而志摩到北平任教，陸小曼又執意留在繁華的上海，兩人經常為此爭議。這些不愉快的細節，在這封信中都可看見。

我們常懷疑，王子和公主結婚以後，一定過著幸福快樂的日子嗎？志摩和陸小曼的婚姻，也讓人有這樣的好奇。若單從這最後的一封信來看，答案似乎是否定，因為浪漫詩人徐志摩竟然叨叨絮絮說起金錢的事，而且一再告誡陸小曼不可很快地、隨意地花掉，因為他們還是很窮的！志摩甚至要說：「我如有不花錢飛機坐，立即回去。」——卻不幸因此喪生，這難道是天意！

志摩與陸小曼的故事，許多相關文章都把罪過歸咎於陸小曼，認為她太奢華任性，所以害苦了志摩。但我們試從另一角度想，再婚的志摩其實也該學習如何養家，承擔一個做丈夫的責任。過去的志摩，不愁吃穿，完全由父母打點，加上元配夫人張幼儀的幫襯，他基本上是過著如同貴族少爺的生活，愜意自在，不必為五斗米折腰。而再婚時的志摩，已過而立之年，是該扛一些責任，面對現實的人生。談戀愛可以驚天動地，轟轟烈烈，進入婚姻，可能需要更多適應與調整，這是男女雙方都要學習的地方。清官難斷家務事，志摩與陸小曼的故事，又豈容他人置喙？我們只能說，這是一樁傳奇，他們的真情讓我們感動，他們偶然顯露的性格缺點，生活上的齟齬，都是我們最好的借鏡。

徐志摩年表

一八九六年（清光緒二十二年）　一歲

農曆十二月十三日（陽曆為一八九七年一月十五日）生於浙江省海寧縣硤石鎮。父申如是年二十五歲，係海寧富商，任當地商會會長。母錢氏，二十三歲。志摩為徐家獨子，譜名章垿，字槱森，小字又申，志摩二字為大學畢業去美國後所用的字。

一九〇〇年（光緒二十六年）　五歲

入家塾受教於孫蔭軒先生。

一九〇一年（光緒二十七年）　六歲

再從查桐軫先生讀書。

一九〇七年（光緒三十三年）　十二歲

入硤石開智學堂，從張仲梧先生讀書。

一九〇九年（宣統元年）　十四歲

冬，自硤石開智學堂畢業。古文已有優良成績。

一九一〇年（宣統二年）　十五歲

春，入杭州府中學求學。習國文、英文、理化、地理等科目，聰明冠全班，以第一名資格任級長。同學中有董任堅、郁達夫、姜立夫、鄭午昌等。

一九一二年（民國元年）　十七歲

因革命事起，春，杭州府中學停辦一年半。

一九一三年（民國二年）　十八歲

杭州府中學改名為杭州一中。

七月，於校刊《友聲》第一期發表〈論小說與社會之關係〉。此文為張君勱大大讚賞，以為難得之人才，因此為其妹張幼儀向徐家提出親事。志摩父親徐申如欣然應允。

一九一五年（民國四年）　二〇歲

夏，畢業於杭州一中。旋即考入上海浸信會學院。

十月二十九日與寶山羅店鎮張幼儀女士結婚。張時年十六，為張潤之之女。

一九一六年（民國五年）　二十一歲

秋，入天津北洋大學法科預科。

一九一七年（民國六年）　二十二歲

秋，北洋大學法科併入北京大學，隨校轉入北京大學習法政。

一九一八年（民國七年）　二十三歲

農曆三月十二日，長子積鍇生於硤石。積鍇乳名阿歡，字如孫，交通大學土木工程學士，復留美入哥倫比亞大學研究院；妻張粹文，上海人。

夏，由張君勱介紹，拜梁啓超為師。

七月，離北京大學南下。

八月十四日，從上海乘南京號輪船赴美，入美國麻塞諸塞州的克拉克大學社會學系就讀，在航海途中寫就〈啟行赴美文〉，並鉛印以贈諸親友。本年曾談論梁啓超《意大利三傑傳》，有熱血奔騰、意氣風發的氣勢與共鳴。夫人張幼儀從張仲梧先生讀書。

一九一九年（民國八年）　二十四歲

上半年仍在克拉克大學習銀行與社會學。

五月四日，五四運動爆發。

夏，入康乃爾大學夏令班，修習四個學分，達到克拉克大學畢業要求，九月畢業，得一等榮譽獎。實際只有在學三個學期。同月，入紐約哥倫比亞大學經濟系攻碩士學位，同時也十分注意政治學方面的課程。

一九二〇年（民國九年）　二十五歲

九月，通過論文〈論中國婦女的地位〉，獲哥倫比亞大學文學碩士。二十四日，離美赴英入倫敦劍橋大學研究院為學生，原欲從羅素學習，但羅素已遭三一學院除名，志摩頗為悵惘。

十月，入倫敦大學政治經濟學院。從賴斯基教授學政治，與文學家威爾斯、魏雷等常有往來。

秋，與陳西瀅相識。又結識林長民父女，對其女徽音頗為傾慕。

冬，張幼儀至英國倫敦，二人相聚，居住離康橋六英哩的鄉下沙士頓。

一九二一年（民國十年）　二十六歲

年初，認識狄更生，狄為康橋王家學院院友。經林長民建議，擬轉學到康橋，但兩個學院已額滿，後由狄更生推薦，入王家學院做特別生，隨意選科聽講。開始寫詩。

十月，志摩與羅素通信，得獲會面，從此經常拜訪羅素。

與張幼儀談及離婚之事，張不允。秋，張身懷六甲赴德國柏林投靠其兄。

一九二二年（民國十一年）　二十七歲

二月二十四日，次子德生（彼得）生於柏林。

三月赴柏林，由吳經熊、金岳霖擔任證人，與夫人張幼儀離婚。志摩在給張幼儀的信中認為此舉是以「自由之償還自由」，使「彼此重見生命之曙光」。而志摩雙親不忍其媳離開徐家，認做契女。

七月，仍在倫敦。中旬，拜會英國作家曼殊斐兒，晤談二十分鐘，志摩自認深受啟示，稱這次會面是「不死的二十分鐘」。次年一月，曼殊斐兒病逝於法國楓丹白露，志摩作詩〈哀曼殊斐兒〉悼念。

八月十五日，作〈康橋再會罷〉（後發表於一九二三年三月十二日上海《新時事報》副刊〈學燈〉），準備回國。十七日，離開康橋到倫敦。九月，經巴黎到馬賽搭船返國。

十月十五日，抵達上海。

十一月六日、八日，《新浙江報・新朋友》刊出〈徐志摩張幼儀離婚通告〉，有人稱之為中國現代史上第一件離婚事件。張幼儀離婚後獨力扶養孩子，也仍然孝敬徐家父母。留學德國，返國後創立上海女子商業銀行。直到一九五三年才在東京與一香港醫生結婚，遷居香港。晚年則居住美國，於一九八三年逝世。張幼儀的心情感受，以及離婚後求學、創業的奮鬥生涯，由其姪孫女張邦梅訪問記錄，出版《小腳與西服》。

一九二三年（民國十二年）　二十八歲

是年曹錕以重賄當選總統。

一月，蔡元培於《教育》雜誌發表宣言，主張對政府採不合作態度。上年冬，蔡元培曾因不滿教長彭允彝而辭北京大學校長職位。北京學生表示支持蔡氏，向眾議院請願，不願彭氏掌教育。隨後北京學生聯合會宣言驅逐彭氏，懲辦議長吳景濂。志摩亦撰文表示支持蔡元培，贊同他是一個理想者。

同月，發表詩作〈北方的冬天是冬天〉、〈希望的埋葬〉、〈情死〉、〈聽懷閣鈉〉、〈樂劇〉、〈康橋再會罷〉、〈沙士頓重遊隨筆〉、〈夏日田間即景〉、〈青年雜詠〉、〈月下待杜鵑不來〉、〈小花籃送衛禮賢先生〉。

三月，新月社在北京成立。參加者有胡適、王賡、張君勱、林長民、梁啓超等。

五月，譯戈塞《渦提孩》，發表散文〈曼殊斐兒〉，譯曼殊斐兒的小說《一個理想的家庭》，又發表詩作〈詩〉。

七月，譯作〈奧文滿狄斯的詩〉、詩〈幻想〉。暑假在南開大學講學二週，教近代英文文學和未來派詩，並在綠波社天津總社講演茶敘攝影。寫信給印度詩哲泰戈爾，對他十月來訪事，充滿期待，並自願擔任他的旅伴和翻譯。

八月十一日，至北戴河旅遊避暑。十八日，出山海關、登長城。半夜回北戴河，接電報通知祖母病危。十九日兼程南下，二十二日抵家，二十七日祖母何太夫人逝世，享年八十四。志摩對祖母充滿孺慕之情，後來發表紀念文章〈我的祖母之死〉。
九月，作詩〈月下雷峰影片〉、〈滬杭車中〉。二十九日與胡適、汪精衛、陳衡哲、陶行知等往浙江海寧觀潮。
十月，在上海，當時往來者有瞿秋白、郭沫若、陳仲甫、成仿吾、田漢夫婦、鄭振鐸等。與張君勱等往常州遊天甯寺，當晚作詩〈常州遊天甯寺聞禮懺聲〉，後發表於
十一月十一日的《晨報・文學旬刊》。
十一月，寫成〈我的祖母之死〉、〈北戴河海濱幻想〉，發表小說〈春痕〉、〈兩姐妹〉，詩〈滬杭車中〉，譯詩〈她的名字〉、〈窺鏡〉。
十二月，發表譯詩〈傷痕〉、〈分離〉、〈瑪麗瑪麗〉，詩作〈教化〉、〈活該〉、〈先生先生〉及散文〈政治生活與王家三阿嫂〉。

一九二四年（民國十三年）　二十九歲

任教於北大。
一月，發表小說〈老李的慘死〉、論文〈湯麥士哈代的詩〉。
二月，發表詩作〈自然與人生〉、〈東山小曲〉。
三月，發表譯詩〈我自己的歌〉、散文詩〈一封信〉。

四月，詩人拜倫百年祭發表拜倫"Song from Corsair"的譯詩。

四月十二日，泰戈爾乘熱田丸輪抵上海，住滄洲飯店。此後一連串的演講，都由志摩陪同、翻譯。尤其，二十八日於北京天壇草坪上的歡迎會，泰戈爾登臺演說，由林徽音攙扶。這個情景，蔚為一時佳話。吳詠〈天壇史話〉說：「林小姐人豔如花，和老詩人挾臂而行，加上長袍白面，郊荒島瘦的徐志摩，有如蒼松竹梅的一幅三友圖。徐氏在翻譯泰戈爾的英語演說，用了中國語彙中最美的修辭，以硤石官話出之，便是一首首的小詩，飛瀑流泉，琮琮可聽。」

五月一日，泰戈爾在清華大學演講。六日，泰戈爾在燕京大學女子部演講，女作家凌叔華當時為燕大應屆畢業生，主修英文，因此認識擔任翻譯的志摩與陳西瀅。凌叔華不久即加入新月社，一九二六年七月與陳西瀅結婚。

五月八日，北京學界為慶祝泰戈爾六十四歲生日，在協和醫學校大禮堂舉辦祝壽晚會。由胡適擔任主席，梁啓超主持，梁贈與泰氏中國名字竺震旦；志摩、張歆海、林長民、林徽音等演短劇《契特拉》(Chitra)。泰戈爾極賞愛志摩，給他取印度名叫做Soo Sim（一作Susima，素思瑪）。二十日，志摩陪同泰戈爾從北京搭火車往山西，嗣後即順路於太原、武昌演講。二十六日，由漢口搭船回上海。三十日，志摩隨泰戈爾在上海搭「上海輪」赴日，期間寫下了〈留別日本〉、〈沙揚娜拉十八首〉等新詩。

七月，泰戈爾離日本，志摩專程送至香港。

八月，在廬山，居半月。發表詩〈太平景象〉及泰戈爾在東京講演稿譯文〈國際關係〉。

九月，發表小說〈賭婆兒的大話〉、泰戈爾在日本西京大學講演稿譯文〈科學的位置〉。秋，赴北京師大演講，講題〈秋〉。擔任北京大學英文系教授，講授英美文學和外文。當時系主任為胡適，同事有陳西瀅、林語堂、郁達夫、張歆海等。秋間，齊（齊燮元）盧（盧永祥）戰事起，志摩全家遷上海，志摩仍居北平。至冬季戰事平，全家始返硤。

十月，發表泰戈爾一九二四年五月一日清華講演辭譯文、泰戈爾告別辭第一次（四月十三日）講話、第二次（五月廿二日）講話譯文。

十一月一日，作〈悼沈叔薇〉一文。叔薇於農曆九月歿，為志摩之表兄，又有小學、中學同窗之誼。十三日，譯波特萊爾詩〈死屍〉，載本年十二月一日《語絲》三期。

十二月二十日，發表〈這回連面子都不顧了〉，文章內容與〈政治生活與王家三阿嫂〉相互有關，都是針對當時英國處理庚子賠款事而發議論，志摩不認同英國政府以贊助中國實業發展和宣揚基督教的方式抵充賠款。

本年秋冬時與陸小曼（一九〇三—一九六五）相識於北京。陸小曼時年二十二歲，已婚；夫婿王賡（一八九五—一九四二），比志摩早一年加入文學研究會，兩人已先認識。王賡出身清華學堂，後自美國西點軍校畢業，時任北洋政府交通部護路軍副司令，後派任哈爾濱警察廳廳長，喜好文學，有儒將之稱。

一九二五年（民國十四年）　三十歲

一月十七日，新詩〈雪花的快樂〉載《現代評論》週刊一卷六期。

二月，志摩與陸小曼的戀愛鬧得滿城風雨，志摩因此向北京大學請假半年，擬以前往義大利會晤泰戈爾為名義，提早前往歐洲旅遊。本月，志摩作〈這是一個懦怯的世界〉。

三月三日，第一次致信陸小曼，希望她儘快與王賡離婚。次日，又一信，並要陸小曼天天寫信，如同日記一般，後輯為《小曼日記》。

三月十日，志摩啟程出國，經莫斯科前往歐洲。

三月十九日，次子德生（彼得）因病亡歿，甫滿三週歲。志摩於二十六日始抵達柏林，父子緣慳一面。志摩在傷心之餘，六月三日在翡冷翠寫成〈我的彼得〉一文。

三月二十六日，志摩抵柏林，到彼得墳前上墳。

四月初，與幼儀遊歷法國巴黎、楓丹白露等地。
四月三十日，張幼儀因學業關係回柏林；志摩仍續留翡冷翠。
七月，在英國倫敦會晤湯馬士哈代。
七月下旬，經西伯利亞回到北京。三至七月間所作系列文章共十六篇，如〈翡冷翠山居閒話〉等，後結集為《歐遊心影》。詩作〈翡冷翠的一夜〉、〈海韻〉等，亦作於此時，後收入《翡冷翠的一夜》。其間亦寫給陸小曼多封書信，後有九封收入《愛眉小札》。
八月九日，開始寫日記，迄九月十七日止，取名《愛眉小札》。
八月十七日，發表新詩〈海韻〉於《晨報・晨報副刊》。
八月，第一本詩集《志摩的詩》出版。本月，重回北京大學英文系任教。
十月一日，接編北京《晨報・晨報副刊》。
十月十七日，周容〈志摩的詩〉一文載《晨報・晨報副刊》，此為第一篇評論志摩作品的文章。
十月十九日，散文〈弔劉叔和〉刊《晨報・晨報副刊》。劉叔和，江蘇南通人，北大經濟系教授，曾與志摩同船赴美留學，並在紐約同住一年。叔和於九月二日歿於北京。

十月，陸小曼與王賡離婚。

十一月十一日，《晨報．晨報副刊》登載沈從文散文〈市集〉，志摩以主編身分於文末撰後記〈志摩的欣賞〉，大大提攜沈從文。

十二月二十四日，林長民（一八七六－一九二五）於張作霖與郭松齡之役，慘死新民屯，存年五十。女徽音與梁思成尚在美國求學。志摩與林長民為忘年之交，聞訊後十分哀慟，作〈傷雙栝老人〉一文弔之。

一九二六年（民國十五年）　三十一歲

一月，寫成散文〈吸煙與文化〉、〈我所知道的康橋〉。

四月一日北京《晨報副刊．詩鐫》第一號創刊，由徐志摩主編，至六月十日每週四刊登一期，共發行十一期。次期改為《晨報副刊．劇刊》。本年與聞一多等詩人經常聚首討論新詩的形式。

八月十四日，農曆七月初七，與陸小曼（是年二十四歲）在北京訂婚。

十月三日結婚，由胡適作介紹人，梁啓超證婚。梁氏訓辭一篇，希望男女雙方勿再作一次「過來人」。志摩婚後辭去《晨報》編務。

十一月，與陸小曼回硤石。

十二月，因避戰禍，乘船至上海；因徐父不予資助，經濟十分窘迫。此時張幼儀自德返國，任教於北京，迎養徐家父母及其長子。

一九二七年（民國十六年）　三十二歲

春，與胡適、邵洵美、梁實秋等籌設新月書店於上海，由胡適任董事長，徐志摩任總編輯，余上沅任總經理。其後志摩散文集《巴黎的鱗爪》、詩集《翡冷翠的一夜》分別於八月、九月由新月書店出版。

四月，致恩厚之信，表示對北伐戰爭及工農運動等時局的痛心厭惡。

六月，新月同仁籌辦《新月》月刊。

十二月二十七日，和陸小曼在上海夏令匹克劇院演《玉堂春・三堂會審》小曼飾蘇三，志摩飾紅袍；但此次經驗志摩並不愉快。

冬，幼儀偕長子阿歡南歸，葬次子德生於硤石西山白水泉下。

本年林徽音與梁思成結婚。

一九二八年（民國十七年）　三十三歲

一月，散文集《自剖》由新月書店出版。

二月，應聘兼任上海大夏大學教授。

三月十日，《新月》月刊創刊，徐志摩、聞一多、饒夢侃任主編。志摩發表〈新月的態度〉批判文壇十三種派別，對無產階級革命文學運動持對立態度，受到魯迅等批駁。

四月十日發表與陸小曼合作之五幕劇《卞昆岡》，於《新月》一卷二期至三期連載。

五月三日，山東濟南慘案發生。志摩在日記中寫下沉痛心情，譴責日人罔顧人命，也對當局的腐敗昏庸感到憤恨失望。

六月十五日，啟程出國，往日、美、英、法、印度等地旅遊。

十月初，到印度。與泰戈爾見面，並往泰戈爾所創辦之國際大學演講。在印度旅遊三週。

十一月六日，船到達中國海，作詩〈再別康橋〉，載《新月》一卷十期。同月上旬回到上海。

十二月八日，聞梁啓超病，啟程往北平。

一九二九年（民國十八年）　三十四歲

一月十九日，梁啓超逝世。志摩致電胡適，商量整理梁氏遺稿及紀念事。

五月，小說集《輪盤》由中華書局出版。

七月，離開新月書店編輯部，刊物由梁實秋主編。

九月，應聘南京中央大學教授，講授西洋詩歌、西洋名著選等課程。又，任職中華書局編輯。

一九三〇年（民國十九年） 三十五歲

上半年仍在上海光華大學及南京中央大學任教，並任中英文化基金委員會委員。

秋，擬籌辦《詩刊》。

年底，辭南京中央大學課，應胡適之邀到北京佐北大校務。此時蔣夢麟任校長，胡適任教務長。在北京期間曾探訪林徽音，因梁思成在東北大學任建築系主任，徽音體弱多病，聽取志摩之意，回北京養病。志摩仍兼光華大學課與中華書局編務。光華大學鬧學潮，志摩滯留北京。

一九三一年（民國二十年） 三十六歲

農曆年初三到天津，即轉北京，年前曾南下度歲。

一月二十日，《詩刊》創刊，志摩為主編，由新月書局發行。

二月，應胡適之邀，往北京大學任英文系教授，並兼任北平大學女子學院教授。開始往來於上海、北平之間。

三月，組織筆會中國分會，志摩當選為理事。

四月二十三日（農曆三月初六），錢太夫人病逝硤石，享年五十八歲。志摩南歸守喪。

五月五日，離滬回北平。

八月，詩集《猛虎集》由新月書店出版。

九月，《詩刊》三期發稿後，移交邵洵美、陳夢家負責。

十一月十九日，上午八時坐「濟南號」郵機由南京飛北平，中途在濟南附近的党家莊遇大霧，飛機觸白馬山頭失事，遇難身亡。葬於硤石東山萬石窩，同里張閬聲書碑：「詩人徐志摩之墓」。

※參考：陳從周編：徐志摩年譜，民國叢書第三編七七冊，上海書店，一九四九年。

生活文學　閱讀人生

文學，是一種文化
也可以是一種生活方式

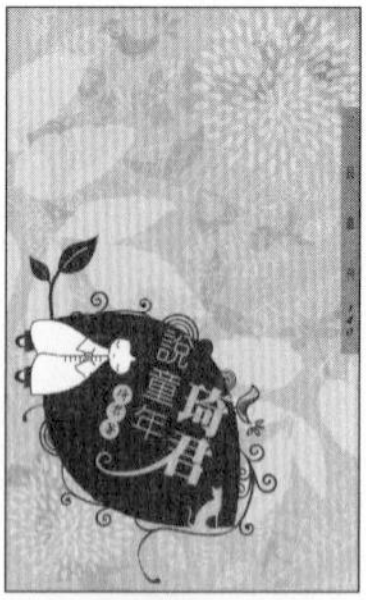

【三民叢刊　140】琦君說童年　琦　君　著

每個人都有童年，不管是苦是樂，回憶起來都是最甜美的。善於說故事的琦君，邀您一同分享她魂牽夢縈的故鄉與童年。書中有她家鄉的人物、生活和風光，也有好聽的神話和歷史故事。篇篇真摯感人，字裡行間充滿了愛心與情義。

【世紀文庫　傳記 001】永遠的童話——琦君傳　宇文正　著

曾寫出膾炙人口《橘子紅了》、《紅紗燈》等書的知名作家琦君，有一個曲折的人生。她的童年，宛如一部引人入勝的童話；她的求學生涯，見證了中國動盪的歲月；她的創作，刻畫了美善的人間。作家宇文正模擬琦君素淡溫厚之筆，從今日淡水溫馨的家，回溯滿溢桂花香的童年，寫出琦君戲劇性的一生。

國家圖書館出版品預行編目資料

徐志摩／范銘如主編;洪淑苓編著.－－初版二刷.
－－臺北市：三民，2010
面；　公分.－－(二十世紀文學名家大賞／02)

ISBN 978-957-14-4535-9　(平裝)

848.4　　　　　　　　　95007236

主編者　范銘如
編著者　洪淑苓
發行人　劉振強
著作財產權人　三民書局股份有限公司
臺北市復興北路386號
發行所　三民書局股份有限公司
地址／臺北市復興北路386號
電話／(02)25006600
郵撥／0009998-5
印刷所　三民書局股份有限公司
門市部　復北店／臺北市復興北路386號
重南店／臺北市重慶南路一段61號
初版一刷　2006年5月
初版二刷　2010年5月
編　號　S 833340
行政院新聞局登記證局版臺業字第〇二〇〇號

ISBN　978-957-14-4535-9　(平裝)

http : // www.sanmin.com.tw　三民網路書店